Mizuki Aoi
葵井瑞貴
Illust.鳥飼やすゆき
バッドエンド目前の悪役令嬢でしたが、
気づけば冷徹騎士の
お気に入りになっていました

アシュレイ
救国の英雄。美貌がゆえに
数多くの女性に言い寄られるも
女嫌いのため塩対応。
イアンを溺愛している。
ビクトリア
悪女と誤解され婚約破棄された侯爵令嬢。
前世で色恋に巻き込まれて死んだ
記憶を思い出し、今世では恋愛とは無縁に
自由に生きることを決意。
CHARACTERS

オスカー
甘やかされて育った
第二王子でビクトリアの婚約者。
他人に厳しく自分に甘い。
エリザ
オスカーの愛人。
オスカーに好かれるため
猫をかぶっている。
イアン
親をなくし、アシュレイに
引き取られた少年。
人見知りな面もあるが
心を開くと人懐っこい。

アシュレイの眼差しは、
いつもよりどことなく甘く——
（別に惚れた腫れたの話じゃなくて……
美形にほほ笑まれたら
誰だってドキッとしちゃうでしょう！）

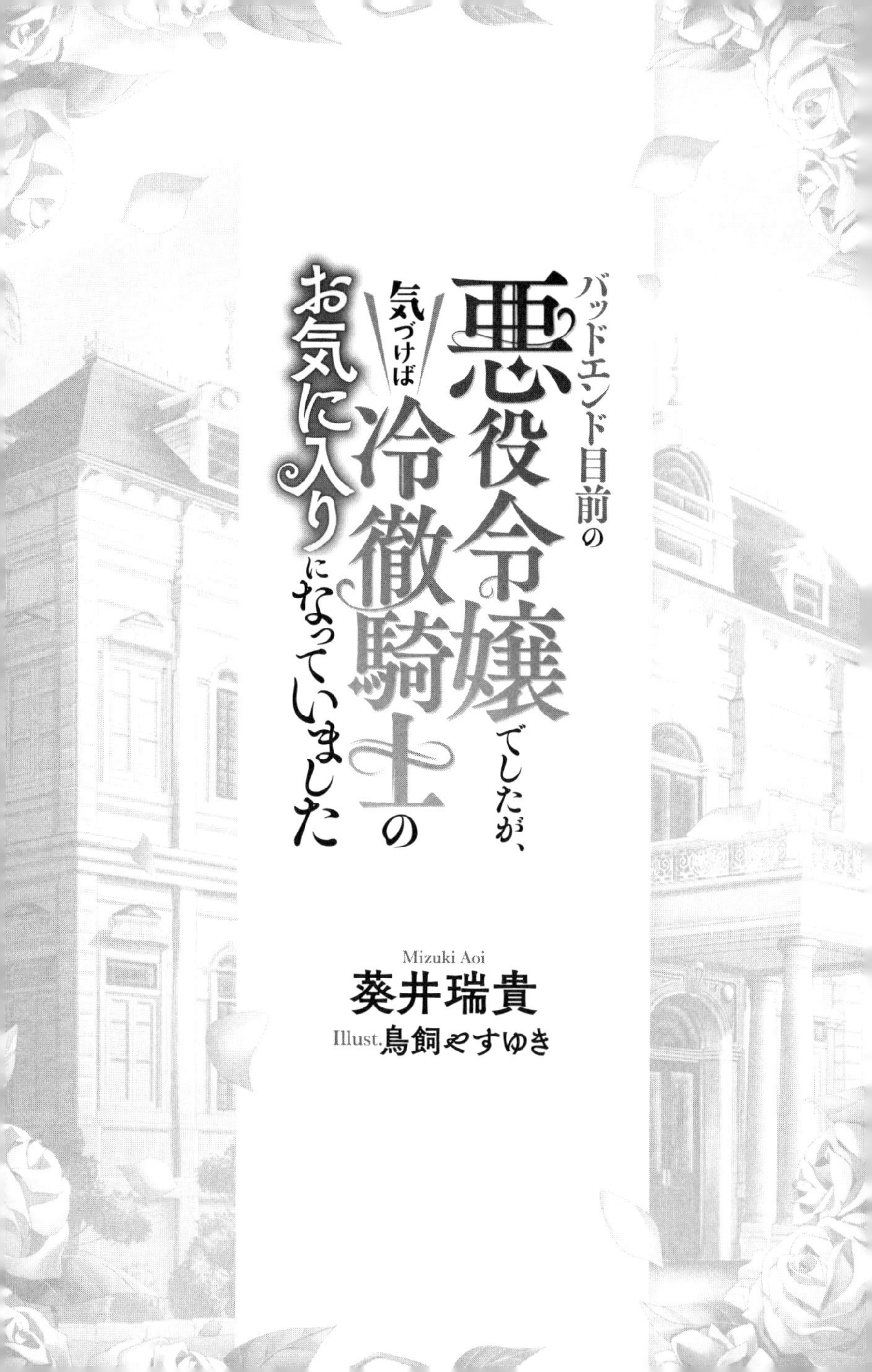

バッドエンド目前の悪役令嬢でしたが、気づけば冷徹騎士のお気に入りになっていました

Mizuki Aoi
葵井瑞貴
Illust.鳥飼やすゆき

目次

プロローグ

ビクトリア・フェネリー侯爵令嬢が、この国の第二王子オスカー殿下と婚約したのは今から三年前。十七歳のときのこと。

互いに愛のない政略結婚だとしても、王族のオスカーを支えるべく、立派な淑女になろうと懸命に努めてきた。

だが、尽くした年月と積み上げた信頼は、この日を境にもろくも崩れ去ることになる——。


純白の壁に金箔で装飾された、贅沢かつ広々とした舞踏ホール。煌《きら》びやかなシャンデリアの灯りが、真夜中の会場を昼間のように明るく照らしている。優雅なワルツの調べに乗って踊る男女、楽しげに談笑する貴族たち。

第二王子主催の舞踏会の最中、オスカーがなんの前触れもなく高らかに宣言した。

「ビクトリア・フェネリー侯爵令嬢。貴殿との婚約を破棄する！」

その一言で、場内が一瞬にして静まり返った。

人々の視線が、宣言した第二王子オスカーと、それを突きつけられた私——ビクトリアに集まる。

突然の婚約破棄に内心驚きつつも、感情を表に出さないよう淑女教育を受けてきた私は、努めて冷静に振る舞った。泣いたり取り乱したりせず、凛と背筋を伸ばし、透き通った青い瞳でまっすぐ婚約者を見つめる。

恭しく一礼した拍子に、肩から胸元へ、はらりと金色の縦ロール髪が一房こぼれ落ちた。

「かしこまりました」

淡々と了承する私に、偉そうに胸を張っていたオスカーが一瞬たじろぐ。

私が取り乱す姿を想像していたんだろうけど、おあいにく様。

オスカーの浮気には気付いていたし、こんな政略結婚に未練はない。

国王陛下と父が決めた縁談に口出しできないから、お飾りの妻になる覚悟もしていたけれど、そちらから破棄してくれるのなら好都合だわ。

「恐れいりますが、理由をお伺いしてもよろしいでしょうか？」

「ハッ、理由？　よくもまぁ白々しい。お前のような冷血な女性は、王室にはふさわしくないからだよ」

「冷血……？」

「まだしらを切り通すつもりか？　いいだろう！　これまで貴様がエリザにしてきた血も涙もない悪行の数々を、ここで明らかにしてやろうではないか！」

オスカーは先程までとは打って変わって、猫なで声で「おいで」と少女を手招いた。

腕の中に飛び込んできたのは、ふわふわの髪に大きな目が愛らしい女性――宮廷侍女のエリザだ。

侍女といっても、宮仕えできるのは貴族の子女ばかり。エリザも下級貴族家出身のご令嬢だ。

「オスカー様……」

エリザが不安そうな顔で上目遣いにオスカーを仰ぎ見る。

男の庇護《ひご》欲をかりたてる絶妙な仕草。キツい印象を与えがちな悪女顔の私にはできない芸当だ。

「ほら、エリザ。怖がることはない。今までビクトリアにされてきたことを、正直に話しなさい」

「はい……私はずっと、ビクトリア様から虐《いじ》めを受けてきました……挨拶を無視されたり、『オスカー殿下に近づくな』と罵倒されたり……」

「あぁ、かわいそうなエリザ。泣かないでおくれ」

涙を流すエリザに、そっとハンカチを差し出すオスカー。

寄り添うふたりはまるで恋人同士のよう……というか、現に恋人なのだろう。

本人たちは私を断罪しているつもりだろうけど、実際のところ、自分たちの浮気を公衆の面前でアピールしているようなものだ。

「侍女をいびるような女性は、僕の伴侶にはふさわしくないと判断した」

婚約破棄に異存はないが、やってもいない罪で裁かれるのは勘弁願いたい。

「私はエリザを虐めてなどおりません。彼女は、立場をわきまえず殿下を敬称なしで呼び、言葉遣いも不適切。さらに、私という婚約者がいると知りながら、殿下と親密になろうとしていました。これらの行いを正すべく苦言を呈したまでのこと」

「ひどい……まるで私が悪者みたいな言い方……」

声を震わせて、さめざめと泣くエリザ。

ひとの婚約者を取っておいて罪悪感の欠片《かけら》もない様子に、いらっとする。

(私、なんでも泣いて済ませようとする人が一番嫌いなのよ)

こみ上げる怒りを必死に抑えつけているせいか、さっきからストレスで頭がひどく痛む。

……もういいわ、早く帰らせてくれないかしら。

エリザの肩を抱き寄せたオスカーが、キッと私を睨《にら》んだ。

「婚約してから三年、君は一度だって僕を愛してくれなかった。その点、エリザは素晴らしい女性だ。僕のことを『第二王子』としてではなく、ひとりの男として愛してくれる」

「オスカー様……」

「エリザ。僕は君を一生愛するとここに誓うよ。たとえ僕が第二王子じゃなくなっても、ついてきてくれるかい？」

「はい、もちろんです！」

見つめ合い、抱き合うオスカーとエリザ。

成り行きを見守っていた人々が、「おいおい、これ、拍手するべきところか？」と困惑顔で互いに目配せする。

そして、徐々にパチ……パチパチ……と、まばらに小さな拍手が起こり、やがて遠慮がちに祝福ムードが広がっていった。

なんだろう、この馬鹿馬鹿しい茶番劇は。

幼い頃から侯爵令嬢として厳しく躾けられ、十七歳の時にオスカーの婚約者に選ばれてからは、王族の一員となるべく、さらに自分自身に磨きをかけてきた。

年相応に遊びたい欲求も、無邪気に振る舞いたい気持ちも抑えて頑張ってきた結果が、これだ。

（私の人生なんだったんだろう……）

たまらず私はきびすを返し、舞踏ホールの出口を目指して歩き出す。

すると様子を窺《うかが》っていた野次馬たちが、私の行く手を配慮してか、左右の壁際に寄った。

まるでモーセの十戒に出てくる海割りシーンみたいに、人波の中に真っ直ぐな道が出来上がる。そこを足早に歩き去り、会場から廊下に出た。

（……ん？　モーセの十戒？　って、なんだっけ）

ふと頭に浮かんだ意味不明な言葉。どこで聞いたのかしらと、私は思わず首を傾げた。

ズキン、ズキンと、頭が割れるように痛む。

その時、背後から「ビクトリア！　お前なんてことを――！」という父の怒鳴り声が飛んできた。顔を見なくても分かる。相当ご立腹だ。きっとかなり叱責されるに違いない。

頑張っているのに、どうしてこうも報われないんだろう。

（あぁ、こんな人生、嫌だなぁ――）

そう思った瞬間、ガンと殴られたように頭が激しく痛んだ。

平衡感覚が狂い、立っていられずふらりと倒れ込む。

走り寄ってくる父の姿を最後に、私は目を閉じた。まぶたの裏に、見たことのない光景が走馬灯のように駆け巡り、まるで川の水が堰《せき》を切ってあふれ出すように、記憶の波が頭の中に流れ込んでくる。

「これ……なに……？」

呟《つぶや》きとほぼ同時に、私は意識を失った。

一章　前世と同じ失敗は繰り返さない

照明器具の明かりが、眩しいくらいに私に降り注ぐ。

「カット！　ハイ、ＯＫ！」

「お疲れ様です。麗華さんは、このシーンをもちましてクランクアップとなります！」

花束を手渡され、演者やスタッフに拍手で見送られながら楽屋へ向かう。

夢の中の私は、女優だった。デビューはたしか三歳の頃、キッズ用品のＣＭに起用されたのがきっかけだ。

ステージママの母親の言いつけどおり、私は芸能活動に人生のすべてを費やした。

仕事を理由に学校には行かず、恋人はおろか友達もほとんどいない。周りの子が当たり前に経験する恋や青春を、私はなにも知らなかった。

だからか、ドラマで学生役を演じると、監督に『なんだか、嘘っぽいなぁ～』と言われることが多くなった。

ＳＮＳで自分の名前を検索すれば、スマホの画面に映るのは『演技下手』『オワコン』の文字ばかり。

学生らしい自然な演技、瑞々しい青春の雰囲気を醸し出せない私に、事務所はプロデュースの方向性を決めかねていた。

そんな時、事務所の社長の気まぐれな一言が私の人生を大きく変えることになる。

『この子って、外見的に清純派より〝悪女〟って感じだよね。美人だけど印象キツいし、かわいらしい雰囲気ないしさぁ』

ハラスメント一歩手前のなにげない言葉に、担当マネージャーが『それだ！』とひらめいた。

この路線変更がまさに大当たり。主人公を虐め抜く、嫌われ悪女を演じたドラマが大ヒット。程なくして、私の元には主人公の成功を邪魔する、いわゆる〝悪役〟のオファーが大量に舞い込むようになった。

ちょっと前まで「オワコン」と言われていたのに、今や私は時の人。

【麗華は私生活でも悪女？】

【共演者キラー、悪役女優・麗華の本性に迫る】

自分の名前をネット検索すれば、「悪役女優」に関連するウェブ記事が大量に出てくるほどの有名人になっていた。

控え室に入ると、マネージャーが「次の仕事決まりました」とホクホク顔で報告してくる。

「もしかして、また悪女役？」

皮肉たっぷりに言えば、マネージャーの隣に座っていた母が「えっ、なに、不満なの？」と眉間にしわを寄せた。

「じゃあ、逆に聞くけど。お母さんは嫌じゃないの？　自分の娘が、雑誌とかバラエティで〝悪女〟っていじられているんだよ」

「名前を売るチャンスじゃないの。悪口なんて、気にしていたらやっていけないわよ！　お仕事もらえるだけ、ありがたいと思わなきゃ」

「そうですよねぇ」と、母がマネージャーに同意を求める。

「ええ、お母さんの言うとおり。この業界、仕事があるだけマシです。嫌なら降りていただいて結構ですよ。貴女の替わりはいくらでもいますから」

「あっ、違うんです！　うちの子、今ちょっと反抗期なんです。麗華、マネージャーさんに謝って！」

母親に握られた手を、私は勢いよく振り払った。

娘が他人に『替わりはいくらでもいる』と言われているのに、反論するどころか同調するなんて。

「……お母さんは、私の気持ちなんか、どうでもいいんだね」

「なにを言ってるの？　麗華が一番大切に決まっているでしょう」

「嘘つかなくていいよ。お母さんが大事なのは〝女優〟としての私でしょ？　他人に自慢できる娘しか、愛せないんだよね？」

「そんなこと……」

「じゃあ聞くけど、この仕事やめても良い？」

母は中途半端に口を開けて、一瞬押し黙った。

（ほら、やっぱり即答できない）

私はカバンをひっつかむと、出口に向かって走る。この後もスケジュールが詰まっているけれど、そんなの知ったことじゃない。

だって、もう女優は辞めるから。

「ちょっと、どこに行くの！」

叫ぶ母親に構わず、追いかけてくるマネージャーを振り切りタクシーに乗り込んだ。

運転手に「とにかく出してください」と告げると、タクシーはすぐさま走り出す。告げた目的地は祖父母の家。彼らだけは、いつも私に無償の愛を注いでくれる。今の私には、女優でも、母親のアクセサリーでもない、心安らげる居場所が必要だった。

しかし、時期が悪く、今はまさにゴールデンウィークの連休初日。タクシーはすぐさま渋滞にはまり、動けなくなってしまった。

私はバッグから使い慣れた変装グッズを取り出すと、帽子を目深にかぶり、マスクと眼鏡をして運転手に声をかけた。

「すみません、ここで降ります」

近くの駅から電車に乗っていこう。スマホの地図アプリを開き、最寄り駅を探す。

公共交通機関を使うのなんて、何年ぶりだろう……。

スマホを見ながら駅に向かって歩いていると、すれ違った少女と肩がぶつかってしまい、私は「ごめんなさい」と謝った。

相手がこちらを見て、驚いた様子で目を見開く。

(まずい、ばれたかも)

嫌な予感がして、小走りにその場から逃げ出した。

人混みを抜けて階段を駆け上がり、歩道橋の上まで来たところで、荒い息を整える。

(よし、大丈夫。追いかけてきていない)

顔を上げると、空が夕焼けのオレンジ色に染まっていた。

ここ数年ずっと時間に追われていて、こんな風に空を見るのは何年ぶりだろう。

しんみりした気分に浸りながら歩道橋をあるき、下り階段にさしかかった時、ドンッと強く背中を押され、ふわりと身体が宙に浮いた。

次の瞬間には、歩道橋の階段を勢いよく転げ落ち、全身に激しい衝撃が走る。

「う……」

気が付けば、私はコンクリートの硬い地面の上で仰向けに横たわっていた。

さっきぶつかった少女が、悪意のこもった目で私を睨みつけている。

「あんたが、悪いのよ」

甲高い声で彼女が叫ぶ。

「ハルトくんは、みんなのアイドルなの！　あたしたちのハルトくんを穢すな！　この最低女！　悪女！」

（ハルト……くん？　あぁ……そういえば、そんな名前の男性アイドルと共演したことあったな）

誰かが通報してくれたのか、サイレンの音が聞こえる。

私を突き落とした少女は、駆けつけた警察官に取り押さえられながらも、まだ「あたしがハルト君を守るんだ！」などと喚いている。

担架の上で、私は目を閉じた。

全身が痛い。怖いくらいに力が抜けていく。死ぬんだ……と悟ったとき、悔しさが込み上げてきた。

アイドルと熱愛だって？　冗談じゃないわよ。仕事三昧で恋なんてしたことないわよ。

勝手な憶測と悪女のイメージで悪者扱いされて、こんな風に死ぬなんて……。

（あぁ、こんな人生、嫌だなぁ――やり直せたら、今度こそ自分自身の幸せのために生きるのに）

そこまで考えて、私の意識は、命は、ぷっつり途切れた。

「んぅ……」

自分の呻《うめ》き声で目が覚めた。視界に映るのは見慣れた自室の天井。

そういえば私、婚約破棄された直後に倒れたんだった……。

「あっ、ビクトリアお嬢様！　お目覚めになって良かった。すぐに旦那様を呼んで参ります」

付き添っていた侍女が退室し、部屋にひとり取り残される。窓の外を見ると、朝日が昇っていた。随分長く眠っていたみたい。

ぼんやり天井を見つめながら思い出すのは先ほどまで見ていた光景だ。

ここと違う世界に生きる、私と同年代の少女の夢——。そう、いわゆる前世の記憶的な……。

考えを巡らせていた時、扉が勢いよく開いて父が怒鳴り込んできた。

「なんてことをしてくれたんだ！」

私は耳を塞ぎながら「冷静にお話しましょう、お父様」と宥《なだ》める。

「冷静になどなれるものかッ！　お前のせいでフェネリー侯爵家の面目は丸潰れだ！」

父の罵倒に心がすぅーっと冷めていく。

両親に愛されたくて、ずっと〝良い子〟で生きてきた。

言いつけを真面目に守って、好きでもないオスカーとの政略結婚にも同意して。

でもその結果、私はなにも得られなかった。

父の期待も、第二王子婚約者の地位も、貴族令嬢としての評判もすべて失った。

あるのは虚しさと、ボロボロに傷ついた心だけ。

「このまま、我が家が一方的に悪者にされるのは我慢ならん。今度、王宮で戦勝記念パーティが開かれる。そこでオスカー殿下に改めて弁明し、婚約者の座を取り戻すぞ」

「戦勝記念パーティですか？　そんな人が大勢いるところで話さなければいけませんか？」

「お前のせいで、うちはオスカー殿下への謁見《えっけん》が禁止になっているんだ。私だって公衆の面前で恥など晒《さら》したくはないが、他に方法がないのだから文句を言うな！　とにかく、お前がしたとされる虐め行為は、すべて侍女がやったことにする」

「私はエリザを虐めておりません。むしろ責められるべきは、私ではなく彼女です」

「真偽は関係ない。いいか、ビクトリア。『侍女が勝手にやった』と言い張るんだぞ」

前世で言うところの『秘書が勝手にやりました』と言い逃れする作戦ね。

私は抗議の眼差しを父に向けた。

「やってもいない罪を、しかも他人に押しつけるようなやり方、同意できません」

「お前の意見など聞いていない。子供は親の言うとおりにすれば良いんだ」

「お父様――」

「黙れ！　侍女の替わりはいくらでもいる。お前も侯爵令嬢なら、使用人を切り捨てる覚悟を持て」

そう言い捨てて、父は部屋を出ていった。

（信じられない……）

侍女の目の前で、『替わりはいくらでもいる』『切り捨てろ』と当然のように言うなんて。

私は父の言いなりにはなれない。そんな冷酷な決断をしなければ生き残れないなら、侯爵家も貴族社会も私には向いていない。しがみつきたい理由も、未練もない。

部屋に残った侍女が、気遣わしげに声をかけてきた。

「エリザ様への虐めは、私がやったことにしてください。お嬢様のお役に立てるのなら本望です」

「いいえ、貴方に責任を押しつけるようなこと、したくないわ」

「ですが、旦那様の言いつけを破ったら、ただでは済みません」

「覚悟の上よ。私、前世《むかし》も今世《いま》も、『替わりはいくらでもいる』って言葉が一番嫌いなの。それを平気で言ってしまえるお父様には、愛想が尽きたわ。絶対に、前世《まえ》と同じ失敗は繰り返さない」

もう親の言いなりになったりしない。自分自身を押さえつけて、心を殺して生きるような真似はしたくない。

今度こそ、悔いのない人生を送って幸せになるんだ——！

私は勢いよくベッドから飛び出し「さぁ、やるぞ！」と腕まくりした。

侍女が口をあんぐり開けた驚きの表情で、こちらを見つめている。

「えっと……お嬢様、なんか性格変わりました？」

「かもね」と、私は晴れやかに笑った。


その後、さっそく自立に向けての準備を始めた。期限は戦勝記念パーティまでなので、思ったよりも時間がない。

諸々の手配や手続きのため街へ繰り出し、用事を済ませて帰宅する途中、凱旋《がいせん》パレードが通るため通行止めにあってしまった。

進めないなら仕方ない。せっかくだもの、パレードを見ていきましょう——。

私は馬車から降りると、人混みに紛れて大通りを見つめた。

管楽器を持った楽隊騎士が先頭に立ち、高らかにファンファーレを奏でながら行進する。

パレードを見つめる人々の笑顔と楽しげな話し声、華やかなお祝いムード。明るい雰囲気に、私も久しぶりに胸が高鳴る。

やがて歩兵や騎馬兵などが隊列を組み、パレードの本隊がやってきた。

晴れやかな光景を眺めながら、私は平和な日常のありがたみをしみじみと噛みしめる。

今から一カ月前、隣国が侵攻してくるとの情報が駆け巡り、国中が大混乱に陥った。

敵の大軍を前に、もしや負けるのでは……という恐怖が国全体を覆い尽くしたが、蓋を開けてみれば戦争は我が国の大勝利。被害を最小限に抑え、短期決戦で敵の侵攻を食い止めた。

その戦勝の立役者が――。

「きゃっー！　アシュレイ様が来たわっ！」

私の隣に立っていた女性が黄色い声をあげた。

途端、その場は拍手喝采。わぁっ――と大歓声がわき起こる。

「英雄アシュレイ、バンザイ！　バンザイ！」

「国を守ってくれてありがとう！」

他の騎士が民衆に愛想よく手を振る中、最も歓声を浴びている騎士――アシュレイ・クラークは、馬上で凛《りん》と前を向いている。

さらりと風に揺れるライトブラウンの柔らかな髪。透き通ったブルーグレイの瞳にすっと通った鼻筋、引き結ばれた薄い唇。遠目から見ても分かる美しい容貌、上品な仕草と優雅な佇《たたず》まい。

白馬に乗った姿は騎士というより、まるで物語の中の王子様みたいだった。

「アシュレイ様～！」

美貌の騎士を目の当たりにした女性たちが、熱烈なアピール合戦を繰り広げる。

しかし、黄色い歓声を浴びてもなお、アシュレイは特に気にした様子もなく……というか完全に無視して、前だけ見て行進していた。

他の騎士みたいに手を振ったりしない。どうやらファンサービスはしないタイプらしい。

せっかくのイケメンなのにニコリともしないなんて勿体《もったい》ないわね……と私が思っていると。

「媚《こ》びない硬派なところがますます素敵！」

「ああっ、今日もあの冷めた表情が最高ですわ〜！」

「きゃぁー！　アシュレイ様〜、こっち向いて〜」

ファンにとっては、その無愛想な塩対応がご褒美らしい。

平民貴族問わず、ご令嬢たちが一様に頬を染め、手を振りながら力の限り絶叫する。

もしこの場に私以外の転生者がいたら「ここはアイドルのライブ会場か⁉」と驚くだろう。

それほど、パレードは色んな意味で異様な盛り上がりを見せている。

その時、アシュレイ・クラークが私の目の前を横切った。

最年少二十二歳で第一騎士団の隊長に抜擢《ばってき》された救国の英雄。細マッチョ高身長の超絶イケメン。横顔すら麗しい。

容姿端麗で実力もあるエリート騎士となれば、そりゃ女性にモテますわねぇ――と、私は思わず冷静に分析してしまった。

はっ……！　ダメだわ。前世を思い出してからというもの、ついつい「彼は髪型を変えたらもっとお洒落になるのに」とか余計なこと考えちゃう。

女優という職業柄、前世の私は他人の仕草や外見を分析したり、セルフブランディングしたりすることに余念がなかったらしい。

人間観察とプロデュース癖が魂にまですり込まれているんだわ……。

「ふん、なにが英雄だ。所詮は、腕っぷしが強いだけの平民騎士だろう?」

近くに立っていた貴族風の男性が、小馬鹿にするように言った。

「若いうちは戦いに出られるからいいが、老いた騎士の末路は悲惨だぞ。爵位も領土もなく、稼ぐこともできない。そんな男に嫁ぐ女は悲惨——いでででで!」

話の途中で急に男が悲鳴をあげた。

驚いて様子を窺うと、男性は片足を令嬢に思いっきり踏みつけられている。

「お兄様、見苦しい真似はお止めになって。あと、ご存じないの? 今度の戦勝記念パーティで、アシュレイ様には男爵位と領土が与えられるのよ。お住まいだってすごいんだから! 新しくて立派なお屋敷が与えられて、既にご家族はお引越しされたって聞いたわ」

「お前、やけに詳しいな。まぁ、男爵など、取るに足らない下級貴族さ……だっ、だから、痛いから! 僕の足を踏むのをやめてくれよっ!」

「あら、ごめんあそばせ」

半泣きになる兄と澄まし顔の妹に微笑ましくなりながら、私は帰宅するためその場を離れたのだった。

二章　それでは皆様、ご機嫌よう――！

それからも私は父に内緒で着々と準備を整え、ついに迎えた戦勝記念パーティ当日。

各地から名だたる貴族や著名人が集結し、王室からは国王陛下と王妃殿下、公務で不在の第一王子の代わりに第二王子のオスカーが出席した。

式典ではまず、国王陛下による騎士への褒賞授与が行われ、予定通りアシュレイには爵位と領土が与えられた。授与式のあと、陛下と妃殿下は公務のため退席。

「今宵は存分に楽しんでくれ」というオスカーの言葉を合図に、パーティは半ば無礼講となった。

隣にいた父が「行くぞ」と私の腕を掴《つか》み、オスカーの目の前まで歩み出る。

途端、会場内が静寂に包まれた。

賑《にぎ》やかに雑談していた貴族たちが一斉に口を噤《つぐ》み、こちらを遠巻きに見つめる。おもしろがるような視線が全身に突き刺さり、まるで見世物小屋の珍獣になった気分。

（……あぁ、居たたまれない、胃が痛い、帰りたい）

「オスカー殿下におかれましては、ご機嫌麗しゅう存じます」

「フェネリー卿《きょう》、貴殿らには謁見禁止を言い渡したはずだ」

「先日は、娘が大変な無礼を働きましたこと、お詫びのしようもございません。しかし誤解がありましたことを、この場でお伝えさせていただきたく参上いたしました」

「誤解?」

オスカーが器用に片眉を上げる。刺繍《ししゅう》が施された豪奢《ごうしゃ》な夜会服を身にまとい、黒髪を後ろに撫でつけた彼は、そこそこ格好良いはずなのに、なぜかとてつもなく残念に見えた。

愛がないからだろうか。それとも、アシュレイの麗しいお顔を見たからだろうか。

とにかく、私はこう思った。

――――絶対に、この人とだけは復縁したくないッ!

「ふむ。どんな誤解があれ、かわいいエリザを傷つけたビクトリアを許す気はないよ」

「毅然《きぜん》としたオスカー様、格好いいですわ!」

甘ったるい声を上げたのは、彼の隣に座るエリザだ。今日は宮廷侍女の給仕服ではなく、華やかなピンク色のドレスを着ている。

正装した彼女はかわいらしかった。気の強そうな私とは正反対の、儚げな容姿とふんわりした雰囲気。いわゆる、ゆるふわ女子。

こういう小動物みたいな子がオスカーの好みだったのねぇ……と、冷静に分析してしまう。

「まぁ、いいだろう。君の弁明を聞いてやろうじゃないか」

「殿下の寛大なお心に感謝いたします」

そう言って、父が振り返り私を見た。ギョロリと血走った目が「余計なこと言うんじゃないぞ」と無言で訴えかけてくる。

私は、しおらしい態度で御前へ出た。

――ここが正念場。

私が私らしく生きるために、まずはこの面倒な関係に終止符を打ちましょう。

視線をあげると、オスカーとエリザがおもしろがるような顔でこちらを見下ろしている。

「話したまえ」

「それでは恐れながら申し上げます。エリザ様への無礼な行いは、すべてうちの侍女が勝手にしたこと。私は一切、あずかり知らぬことでした」

「ありえな～い！　この期に及んでまだ嘘をつくの？　他人に責任を押しつけるなんて、あまりにもひど――」

「――というのは、私の父が用意した言い訳です。ここからは、私自身の言葉で語らせていただきます」

エリザの言葉を遮って、私は毅然と言い放った。

後ろから父の「おい、ビクトリア！」という囁《ささや》きが聞こえるが無視する。私はうつむきがちだった顔を上げると、目の前のふたりをまっすぐ見すえた。

（オスカー、エリザ。私の姿をしっかりその目に焼き付けなさい）

これが、貴方たちの身勝手な恋路に振り回され、悪者に仕立て上げられた令嬢ビクトリアの最後の舞台。華々しく咲いて、美しく去ってやりますわ！

手始めに、私はエリザに視線を向けた。

「エリザさん、私は貴女に意地悪をしたつもりはありませんでした。ですが、オスカー様との親密な様子に腹が立ち、不快に思っていたことも事実です。強い口調で傷つけてしまい……ごめんなさい」

真摯な謝罪を述べたあと、私は深々と頭を下げた。途端、周囲でどよめきが起こる。

「あの気位の高いビクトリア様が頭を下げたぞ……」

「侯爵令嬢が下級貴族令嬢に謝罪するなんて、前代未聞よ」

「婚約者を奪った相手に謝るなんて、大人の対応ね」

さまざまなヒソヒソ声が耳に届く。みな、私の行動に驚いているようだ。

本音を言えば、自分の婚約者を横取りした女になんか謝罪したくない。そもそも私は虐めていないし、なんなら被害者はこちらの方だわ……！

そう思う反面、ちょっと言い方がきつかったかな、と反省する部分もあるのだ。

なんせ私は『侍女の替わりはいくらでもいる』と平気で言ってしまえる父の娘。もしかしたら無意識に、エリザを見下すような態度をとっていたのかもしれない。

謝るのは癪《しゃく》だけれど、勝手なイメージで悪女のレッテルを貼られ、他人から不当に憎まれ殺されるのはもうごめんなの。

今世を穏やかに生きるためには、恨みの芽はできるかぎり摘んでおかなきゃ――。

顔を上げると、エリザが信じられないものを見るような目でこちらを眺めていた。

そりゃそうよね。まさか、自分が奪い取った男の元婚約者に謝罪されるなんて、想像もしなかったでしょうよ。戸惑った様子のエリザを見て、少しだけ胸がすっとした。

よし、次だ――と、今度はオスカーに向き直る。彼もエリザ同様、困惑の表情を浮かべていた。

「オスカー様」

「なっ、なんだ」

私は一旦言葉を切り、目を伏せて気持ちを整えた。はっきり言うと「滅んでしまえッ！　この、最低サイアク浮気男～～！」と怒鳴ってやりたい気持ちでいっぱいだ。なんなら、さまざまなバリエーションの罵詈雑言が喉まで出かかっている。

百歩譲ってエリザに心移りしたのは許しましょう。でもそれなら、公衆の面前で一方的に婚約破棄などせず、秘密裏に話し合い、円満かつ綺麗に関係を清算するのが礼儀でしょう。

正直、超ムカつく！

しかし、今だけはぐっとこらえて、私は悪女顔に精一杯しおらしい表情を浮かべた。

「殿下のおっしゃるとおり、私はずっと〝第二王子〟としての貴方ばかり見ていました。ひとりの男性として愛し向き合っていなかったと、今では反省しております」

「ビクトリア……」

王子としてではなく、ひとりの人間として愛されたかった。オスカーのその気持ちは、少しだけ分かる気がする。前世の私も、女優としてではなく、娘として母に愛されたかったから。

私は緊張で強《こわ》ばる顔をゆるめて、ふんわり、なるべく悪女オーラを放たないよう、柔らかく微笑んだ。

「オスカー様、どうかエリザさんとお幸せに」

「……！　ビクトリア……僕は……」

オスカーは我に返ったように目を見開き、なにか言いたげに口を開いた。だがエリザに片手を握られ、とっさに口を噤む。切なそうに目を細め、無言でひたすら私を見つめている。

そっちからひどいやり方で婚約破棄をしたくせに、今更、未練たらしい視線を向けないで欲しいわ。

なにか言われる前に退散しなきゃと、私は内心慌てながらも最上級の優雅なお辞儀をしてみせる。

「それでは皆様、ご機嫌よう――！」

前世で培った演技力と発声テクニックをフル活用し、爽やかな笑みを浮かべ、透き通るような美しい声で挨拶をした。

私の悪役らしからぬ清々しい姿に、誰もが惚《ほう》けたように釘づけになる。

すると「待ってくれ」というオスカーの微《かす》かな声が聞こえた。が、今更私の知ったことじゃない。

もう二度と会うこともないでしょう。

私はドレスの裾をひるがえしパーティ会場を後にした。

（や、やり切った〜〜〜〜！）

澄まし顔のまま廊下を歩き、周囲を見渡して誰もいないのを確認した途端、「よしっ！」とガッツポーズ。

わきあがる解放感と達成感で、人目がないのを良いことに、ルンルンご機嫌に鼻歌を歌って軽やかなスキップまでしちゃう。あんなにきっちり謝ったんだもの、これ以上誰も文句は言えないでしょう。

晴れて私は、オスカーとエリザの恋路を邪魔する悪役ポジションから脱却しました！

悪縁を綺麗さっぱり断ち切り、自由の身となって浮かれていられたのも束の間――。

「ビクトリア‼　貴様ッ」

鬼の形相で近づいてくる父親に私は思わず「げげっ」と呟いた。

「余計なことを言いおって。何度恥をかかせれば気が済むんだ、この馬鹿娘が！　帰るぞ！」

父が私の手首を掴み歩き出す。

踵《かかと》の高い靴を履いているせいで足元が覚束ない上に、急に力任せに引っ張られ、私は転びそうになるのを必死にこらえた。

「ひとりで歩けますので、手を離してください」

「うるさい！　ぐずぐずするな！」

横柄な父の言葉にうんざりしながら引きずられていると、玄関ホールの下り階段にさしかかった。さすがにこの体勢で階段を下りるのは怖いため、父の手を振り払おうとした瞬間、ハイヒールの踵がボキリと折れた。

「まずっ――」と、思うのと同時に前のめりにバランスを崩す。

前方が平坦な床なら良かったが、無情にも目の前にあるのは傾斜のきつい大階段。

身体がふわりと浮き上がり、景色がやけにスローモーションで見えた。

（やばい、またか……。私ってば、結局また、こういう階段落ちバッドエンドで死ぬの――？）

諦めの境地で死を覚悟したその時、腰に手が回され、ぐいっと後ろに引っ張り上げられた。

それまで宙に浮いていた両足がしっかりと地面に着地する。込み上げる恐怖とパニックで、後ろから誰かに抱きしめられた体勢のまま私はしばし放心状態で固まった。

バクバクと心臓が脈打つ。胸を押えてぼうっとしている私の背後から「大丈夫ですか」という男性の声が聞こえてきた。

「は、はい……ありがとう、ございます。大丈夫です……」

振り返り礼を言った私は、相手の顔を見て驚いた。

爽やかに整えられたライトブラウンの髪に、整った顔立ちの美青年。私の命の恩人は、アシュレイ・クラーク騎士団長だったのだ。

彼は父を見すえて、丁寧な口調でありつつも毅然と告げた。

「一歩間違えれば、大惨事になるところでした。お気をつけください、フェネリー侯爵閣下」

「なんだと？　……だがまぁ、娘を助けてくれたことには一応礼を言う。ほらビクトリア、行くぞ」

父が再び私の方に手を伸ばしてきたため一歩後ずさりした直後、グキリと右足に痛みが走った。どうやら挫いてしまったらしい。こんな足で引っ張られたら、それこそ自殺行為。今度こそ転落死バッドエンド一直線だ。

怪我のことを告げようと口を開きかけた時、父の目の前にアシュレイが立ちはだかった。純白の騎士服をまとった広い背中が、私の視界いっぱいに広がる。

「な、なんだ。そこを退け」

「それは、できかねます」

「はぁ？」

「ご令嬢は足を痛めているようにお見受けします。このまま階段を引きずり下ろすのは、いかがなものかと」

「怪我だって？」

父が面倒くさそうに「そうなのか？」と私に問うてくる。素直に頷くと、盛大にため息をつかれた。

「足首をひねってしまったみたいです」

「お前はどこまで鈍くさいんだ。おい、歩けるよな？」

ためしに片足に体重をかけてみるが、ズキンと痛みが走り顔を歪めた。

「なんだ、まったく！　……仕方ないな。じゃあそこのお前、娘を馬車まで運んでくれ。これは命令だ」

まるでホテルのベルボーイに荷物を運ばせるような、ぞんざいな言い方だった。

いくら我が家が高位貴族家だからって、救国の英雄に上から目線で命令するなんて失礼じゃないの。というか、そもそも私は荷物じゃないわ！

抗議しようとする私を遮って「おい、早くしないか。急いでいるんだ！」と父が怒鳴った。

「承知しました。それでは、失礼いたします」

アシュレイがひょいと私をお姫様抱っこして、軽やかな足取りで階段を下りていく。

これが前世のドラマか少女漫画であれば、女性がすかさず「あの、重くないですか……？」と上目遣いに尋ねるべきシーンだ。そして相手役の男性が「いいえ、まったく。貴女はまるで羽のように軽いですね」（白い歯キラリ王子スマイル）と答えるのが王道展開。

……なのだが、現実はそんなに甘くない。見上げたアシュレイは、まさに〝虚無〟といった感じの顔をしていた。

無口、無表情、無感情。あと無気力。白い歯キラリの王子様スマイルもなければ、気安く話しかけられる雰囲気でもない。

多分「重くないですか？」と尋ねたら「そりゃあ、まぁ。そこそこは重いですね」とすっぱり言い返されそうな感じ。

彼の全身からにじみ出る「命令されたから渋々やっている」感がすさまじい。

塩対応って、こういうことなんだぁと私は身にしみて実感していた。

くぅ、こんなイケメンに抱っこされているのに、胸キュンどころか、居心地が悪くて胃がキュンと痛むなんてぇ……。

こんな展開、思ってたんと違う！

心の中で涙を流しつつ、運ばれている間は特にすることもないので、大人しく荷物役に徹する。

間近で見るアシュレイは想像以上に美形で、なにより肌がとても綺麗だった。品のあるポーカーフェイス、良い香りをまとった爽やかな彼は〝キラキラ〟オーラが半端ない。

こんなイケメン、芸能界でも滅多にお目にかかれないわ。日頃どんなケアをしてるんだろう？とか、いい匂いがするけどなんの香水かしら？とか。ひたすら興味が尽きない。

ジッと見つめすぎたせいか、これまで無表情だった彼が少し気まずそうな顔をした。

まずい、不躾に眺めてしまった、と反省し、私は慌ててお礼を言う。

「あっ、あの、助けていただき、ありがとうございます。クラーク様がいなければ、今頃父に階段から突き落とされていましたわ」

「これも騎士の務めですので、礼には及びません。フェネリー侯爵は日頃から、あのような振る舞いを？」

ええ、そりゃあもう。毎日暴言祭りで大変なんですよ、と言いたいところだが、私は明日にも家を出る身。

今更、父の横柄な態度を騎士に密告して、面倒事に発展するのはごめんだ。

私は微笑を浮かべて当たり障りなく返答した。

「父は激情家なところがありますが、暴力を振るうことはないんです。明日には落ち着くと思いますので」

「不安なことがあれば、騎士団に連絡を」

「ご心配ありがとうございます」

そんなやりとりをしている間に、馬車の前に到着した。

そっと地面に下ろされた私はお淑《しと》やかにお辞儀する。

「今日は助けていただき、本当にありがとうございました」

「いえ、たいしたことではございません。それでは、これで失礼します」

仕事は終えたとばかりに、さっさと立ち去るアシュレイ。

塩対応の騎士は、やはり去り際までしょっぱかった。お姫様抱っこの後だというのに、なんてあっさりした別れだろう。

もっとこう……甘い雰囲気とまではいかなくても、「足、大丈夫ですか?」とか「気をつけてお帰りください」とか、言葉のキャッチボールを楽しみたかった。

まぁ、あんな美形に抱っこされるなんて今後一生ないだろうから、良い経験になったと思おう。

去りゆく彼の背中を眺めていると、馬車の中から「早く乗れ」という父の怒鳴り声が聞こえてきた。

プリンセスになったかのような夢見心地が一瞬にして霧散する。

(現実に引き戻してくれて、どうもありがとう――)

心の中で父に皮肉を言いながら、私は御者の手を借りて馬車に乗り込んだ。

屋敷までの帰り道、父は怒りが収まらないらしく、ずっと怒鳴り散らしていた。

私はしゅんとした顔で項垂《うなだ》れていたが、実際はすべて右から左へ聞き流していたから、父がなにを言っていたのかひとつも覚えていない。

社交界を去る前に、救国の英雄と話ができて良かった。

偶然の出会いと命拾いした幸運を噛みしめながら、私は心地よい馬車の揺れに身を任せるのだった。

◇◇◇

ビクトリアが去ったホールでは、人々が小声で囁き合っていた。

「普通に考えて、ビクトリア様が謝罪するのは、おかしくありませんこと？」

「そうですわよ。元はと言えば、あの宮廷侍女がオスカー様に不用意に近づいたのが原因でしょう？」

「エリザさんも身の程知らずだけど、オスカー様もひどいわよねぇ。ビクトリア様の態度が気にくわないからって、公の場で婚約破棄して当てつけみたいに新恋人をはべらせるなんて」

「王様も王妃様も、昔から第二王子のオスカー様には甘いからなぁ。わがまま放題で育ってきたんだろうさ。少しでも気に入らないことがあるとすぐに癇癪《かんしゃく》をおこす、まるで子供だ」

「おい、聞こえたらどうする。口を慎め」

不敬な陰口の数々は、エリザの耳には届いたものの、オスカーには聞こえていなかった。

それもそのはず。オスカーは先程から心ここにあらずといった様子で、ビクトリアが去った扉をジッと眺め、時折ため息をついている。

「オスカー様、先程からぼうっとしていますが、大丈夫ですの……？」

「あっ、ああ。大丈夫だ……」

エリザはむっとして、いきなり立ち上がった。

「急にどうしたんだい？」

「私、もう疲れちゃいました！　ここを出ましょうよ、殿下」

「それはダメだよ。これも公務の一環。父上と兄上の名代として、皆と共に勝利を祝わなければ」

「殿下は公務と私、どっちが大事なのっ？」

ぷくっと頬を膨らませてエリザが問う。顔はかわいらしいが、質問の内容はうんざりするほど面倒だった。

「もちろんエリザさ」

「じゃあエリザのお願い聞いてくれるでしょう？」

「だから、それはできないと言っているだろう。頼むから、口調もちゃんとしてくれ」

「やーだ！　やだ、やぁーだ」

駄々っ子のように身体を揺らしながらぐずるエリザ。

彼女はオスカーより四歳も若いため、多少面倒なことを言われても、これまでは年下のワガママだと思いほほ笑ましく許せた。

だが今は違う。無性に苛立ちが込み上げてきてしまう。

（――こいつは、こんなに馬鹿だったか？　もしや、今までは猫をかぶっていたのか？　いや、そんなまさか……）

オスカーは片手で額を押さえ、目を瞑《つむ》って頭を振る。これは悪い夢だ。自分の選んだ女性が、まさかこんなに品と責任感のない人間だとは信じたくない。

祈るような気持ちで目を開けるが、視界に映ったのは、先程と変わらぬエリザの幼稚なふくれっ面だけだった。

「エリザ、頼むよ。君は将来、王室の一員として公務をしなければならない。今日以上に大変な式典だってたくさんある。これくらい、こらえてくれ」

「えぇー。オスカー様、言っていたじゃないですか。『エリザが笑っていてくれれば、僕も幸せだ。仏頂面のビクトリアより、明るくて無邪気な君が好きだ』って。辛い公務なんてしたら、私、笑えなくなっちゃいますっ！」

ああ言えば、こう言う……。

オスカーは拳をぐっと握りしめ怒りを抑えた。

確かにビクトリアはかわいげのない女だった。強気で堅物な性格も、美人だが圧のすごい容姿も好みじゃない。

だいたい、なんなんだ、あの縦ロール髪は。いくら王室の伝統的な髪型とはいえ、今の時代にあれはダサすぎる。

以前、それとなく『違う髪型にしてみたらどうだい？』と提案してみたが、『王室の一員になるのですから、伝統を守ります』とすっぱり断られてしまった。

オスカーは、ビクトリアのその生真面目さがずっと苦手だった。教養、知識、礼儀作法だって、オスカーの立つ瀬がないほど完璧。

貴方に頼らずともやっていけますという自立した彼女の姿を見るたび、男としてのプライドが傷つけられた。

ビクトリアと一緒にいると息が詰まる。その一方で、エリザといる時は楽しかったのに……。

「もうっ、上の空になるのはやめてくださいませっ！　ビクトリア様より、私のことが好きなんでしょう？　ねぇ、ちゃんと好きって言って！」

子供のように駄々をこねるエリザを見ていられず目を閉じると、まぶたの裏に浮かんだのは、先ほどのビクトリアの美しい微笑みだった。

『オスカー様、どうかエリザさんとお幸せに』

悲しみをこらえてオスカーの幸せを願うビクトリアのなんと健気なことか。

——あれが、彼女の本来の姿だったのかもしれない。

真面目でおもしろみがないと思っていたが、王室の一員になるため相当な無理をしていたのだろう……。

自分から捨てたというのに、今更ながら彼女が恋しくて仕方ない。

——謝ったら、ビクトリアは許してくれるだろうか。

ビクトリアに傾きかけているオスカーの心を見透かすように、エリザが耳元で囁いた。

「オスカー様。私を抱いた責任、ちゃんと取ってくださいね」

目を細めて口角をにぃっと上げる彼女は、愛らしいを通り越して恐ろしい。

「純潔を奪っておいて今更捨てるなんて……そんな無責任なこと、しない方だと信じておりますわ。それに貴方だって、二回も婚約破棄するのは外聞が悪いでしょう？」

「……っ。分かっているよ」

「ふふっ、そんなに怖い顔しないで。エリザはオスカー様がだぁいすきっ！」

脅しめいた事を言った口で、次の瞬間には愛を囁く。

——この女はまさしく、悪女だ。

すべては、あの夜。エリザを抱いてしまった瞬間から歯車が狂い始めた。

その日、オスカーは勇気を出してビクトリアに迫ったのに、真顔で『婚前交渉はいたしません』と拒否されたことで精神的に参っていた。

そこでタイミング良く現れたのがエリザだった。

当時は運命だと思ったが、今なら分かる。あれは偶然ではなく必然。エリザはオスカーの傷心につけ込むため、虎視眈々《たんたん》と機会を窺っていたのだ。

天真爛漫《らんまん》を装ったエリザの誘惑に負け、オスカーは衝動的に肌を重ねてしまった。

それから幾度となくエリザとの逢瀬を重ね、坂道を転げ落ちるようにのめり込んでいった。

エリザはオスカーのどんな要求にも喜んで応じてくれたため、正直、都合の良い女だと思ったのだ。

融通の聞かないビクトリアを捨てて、なんでも言うことを聞く私を選んで？——というエリザの甘美な提案にオスカーは乗った。

——僕はエリザのいいように操られていたんだ……。

一時の快楽と衝動に身を任せた自分の愚かさに、オスカーは打ちのめされていた。だからこの瞬間、隣のエリザが呟いた言葉を聞き逃してしまった。

「まだ私の邪魔をするつもり？　ビクトリア、貴女って本当に嫌な女。この泥棒猫」

オスカーに未練たらしい恋情を向けられ、エリザにお門違いな恨みを抱かれている事など、この時のビクトリアは知るよしもなかった。

◇◇◇

戦勝パーティから帰宅してからも父は大変ご立腹だった。延々と説教され、解放される頃には日付けが変わっていた。

就寝前に一応「お休みなさいませ」と声をかけてみたが、こちらを見むきもしない。無視は父の常套《じょうとう》手段。言うことを聞かない時、思いどおりにならない時、彼はいつも私を透明人間のように扱うのだ。

今までは親に嫌われるのを恐れて、必死にご機嫌を取ってきた。捨てられたくなかった。愛されたかった。でも、どんなに頑張っても父は満足しない。ひとつ願いを叶えれば、色々と要求してくる。

父が私に向けてくる期待という名の〝願望〟は、底なし沼のように際限がないため、これ以上付き合いきれない。自分自身の心を守るためにも一刻も早く父の元から抜け出さなきゃ。

自室で足首の手当てをしてから、私は家を出るための最終確認をした。

クローゼットの中にある旅行カバンには衣類や日用品が詰め込まれており、荷作りはぬかりなく済んでいる。頭の中でのシミュレーションは完璧、あとは明日を待つのみ。私はベッドに横たわった。

期待と不安で寝つけないかもと心配していたが、今日は色々あったせいで身も心も疲れ切っていたらしい。ものの数分で強烈な眠気に襲われ、深い眠りへと落ちていった。

翌朝、おかげさまで足首の腫れは引き、痛みもほとんど無い。

さっそく、行動開始だ――――！

私が最初に行ったのは、縦ロール髪をやめることだった。鏡に向かい、腰上くらいまである金髪を丁寧にとかす。

王室の伝統的な髪型だからという理由で、縦巻きロール髪を父に強制されてきたけれど、正直ダサすぎる。

前世の記憶を思い出してからは、もはやクロワッサンにしか見えないわ……。

「クソダサいクロワッサンよ、さようなら！」

私はそう呟き、髪の毛を後ろの高い位置で結んでポニーテールにした。

お次はメイク。これまでは存在感を出すため舞台女優のような厚化粧をしてきたが、それもやめて薄づきに。

今日は就職面接があるから、清潔感と真面目さをアピールしつつ、爽やかで上品な印象を与えるメイクを施した。

清楚な白のブラウスと、上品な濃紺のジャケットとスカートを合わせて、鏡の前でくるりと回る。

「うん、我ながら完璧」

入室してきた侍女が、私を見てすぐに「まぁ！」と驚きの声をあげた。

「とてもお綺麗です！　いつの間にお化粧がお上手になったのですか？」

「そっ、そう？」

前世で得たテクニックですとは言えず、私はとりあえず笑ってごまかした。

「よし、準備万端ね」

深く深呼吸をしてリビングに向かった。

父は横目でこちらを見て「なんだ、その格好は！」と驚いた顔をしたが、それ以上なにも言わない。無視作戦はまだ続いているようだ。

まだ私をコントロールできると思っているようね。でも、もう言いなりにはならないわ。おあいにく様。

「おはようございます。お父様、今まで育ててくださり、ありがとうございました。私は本日をもってフェネリー侯爵家を離れます」

父は新聞を乱暴にテーブルに叩きつけると、鋭い目つきで睨みつけてきた。

「いい加減にしろ！　朝からなにを馬鹿なことを言っているんだ。新しい嫁ぎ先が見つかるまで、とにかく大人しくしていろ！」

「ご命令には従えません。これからは自分の力で生きていきます」

父が私の言葉を鼻で笑い飛ばす。

「お前のような温室育ちの貴族の娘が、いったいどうやって暮らしていくと言うんだ。どうせ泣いて帰ってくるのがオチだろうよ。このバカ娘！」

「覚悟の上です。もう、ここには戻りません。今まで本当にありがとうございました」

深々と頭を下げ、私は足早に屋敷を出た。

門を目指し歩いていると、慌てて追いかけてきた父が「行かせないぞ」と目の前に立ち塞がる。今更ながらに私の本気を悟り、まずいと思い至ったらしい。

衝動的でギャンブル癖のある父は、ろくに調べもせず安易に投資に手を出し、借金を増やし続けている。

頑固な父をいさめられる母は、私が幼い頃に亡くなり、もうこの世にはいない。

家督を継ぐはずの兄は無責任な放蕩息子で、『自分探しの旅に出る！』と言って家を出たきり戻らない。たまに【お金、送ってください】という情けない手紙が届くから生きているとは思うが、いったいどこで、なにしているのやら。気ままな兄が羨ましいわ！

そんな家族が生きるには、私がお金持ちの男性に嫁ぎ、資金援助を受けるしかない。

父は、侯爵家存続の鍵を握る『駒《わたし》』を引き留めるのに必死なようだ。

青い顔をしながら、柄にもない猫撫で声で機嫌をとろうとする。

「なぁ、ビクトリア。考え直してくれ。オスカー殿下の件は水に流そう。お前は美人で優秀だから、すぐにいい嫁ぎ先が見つかるさ」

私が首を横に振った途端、父が再び怒鳴り出す。

「育ててもらった恩を忘れたか、この薄情者！」

なりふり構わず娘を引き留めようとする憐《あわ》れな姿に、胸が痛んだ。

私だって、家族を突き放すのは辛いし苦しい。育ててもらった恩を返せず申し訳ない気持ちはあるが、ここで引き返したらすべてが元通りになってしまう。家族のためではなく自分の人生を歩むために、今こそ不健全な親子関係に終止符を打たなければ。

「私は、お父様のことを愛していました。ですが、私だけが我慢して犠牲になる家族関係は終わりにしたいのです」

ちょうどその時、手配していた馬車が屋敷前に到着した。

そばに控えていた侍女がすかさず荷物を馬車に運んで行く。

「どうか、お元気で」

立ち尽くす父をひとり残し、私は走って馬車に乗り込んだ。御者に「出してください」と声をかけると、すぐに馬が走り出す。

「まっ、まってくれビクトリア！」

父の切実な叫び声が聞こえたが、振り返らなかった。

そのかわり、心の中で囁く。

（愛していました。お父様、さようなら）

今日から、新しい人生の始まりよ――。

私が向かったのは、王都から馬車で三十分ほど離れた街だった。

馬車の窓から流れる景色を眺め、期待に胸を高鳴らせる。

新たな生活拠点となる新都市は、陽気で明るい街だ。

建ち並ぶ大きな屋敷や真新しい学校、立派な噴水のある美しい広場。商業メインストリートには馬車と人が絶えず行き交っている。

本当は父のいる王都から離れたかったけれど、僻地《へきち》に行けば行くほど仕事は見つかりにくい。それにひとり暮らしも初めてだから、知らない土地で職を探しつつ生活するのは怖かった。

その点、この街には多少の土地勘があるし、騎士団の副本部もあるから女性のひとり暮らしでも安心。治安の良さから学校や公共施設も多い。

あわよくば元侯爵令嬢の教養や礼儀作法の知識を活かした職業——例えば、学校の先生や住みこみの家庭教師などの職に就きたかった。

前世の演技力を生かして劇団のオーディションを受けようかとも思ったが、新都市の劇団はどこも倍率が高く競争が激しい。

コツコツ貯めていた資金と所持品を売った代金で当面の生活費は問題ないが、やはり収入がなければ不安だ。

落ちるかもしれないオーディションに賭けるより、安定した職業に就くべきだと考えた。そのためには、これから行く職業紹介所で良い仕事を斡旋《あっせん》してもらわなければ。

私は事前に書き込んでおいた履歴書を再度チェックした。

氏名欄に記載した名前は、ビクトリア・キャンベル。

本来のフェネリー姓は使わなかった。侯爵令嬢が働くなんてありえないため、変な噂《うわさ》になったり、不利になったりするのは避けたかったからだ。

かわりに名乗る「キャンベル」は、遠縁にあたる地方貴族の姓。

キャンベル家の人々は傲慢な父を嫌っているが、私のことは昔からかわいがってくれている。

今回も家を出るにあたって、就活の際にキャンベル姓を名乗っても良いか尋ねると、当主からすぐさま了承の返信が届いた。

【遠慮なく我が家を頼りなさい】という心強い言葉に、どれほど背中を押されたことか。生活が落ち着いたら、元気にやっているという報告の手紙と、この街の特産品を送ろう。

目的地に着いた私は、事前に面接の予約を入れていた、この街で一番大きな職業紹介所に足を踏み入れた。

午前は教養知識やマナー、語学のテストを受け、午後にはその結果を踏まえて仕事を紹介される。

担当になった女性係員が、テスト結果を見て驚きの表情を浮かべた。

「すごいですね！　ほぼ満点ばかり。これなら、職歴がなくても教育関係のお仕事をご紹介できそうです」

「ありがとうございます。可能であれば、住み込みの家庭教師を希望しています」

「はい、少々お待ちくださいね。ええっと、じゃあ、これなんかいかがでしょう」

そう言って彼女は仕事内容が書かれた資料を私の目の前に差し出した。

「雇い主は最近爵位を得た新興貴族の方です。お子様を新学期から貴族学校に転入させるため、勉強だけでなく、上流階級のマナーも教えて欲しいとのことです」

給与、勤務時間、職務内容ともに申し分ない。最初からこんなに好待遇の仕事を紹介してもらえるなんて。これを逃したら後悔してもしきれない。

「教育の実務経験こそ乏しいですが、令嬢として厳しい教育を受けてきたため、効率的な勉強法と知識には自信があります。また、語学やダンス、社交マナーなどの上流階級の礼儀作法についても心得があります。このお仕事、ぜひ私にお任せください」

ハキハキとした声で言うと、係員は深く頷き紹介状をしたためてくれた。

「依頼主様は本日、ご在宅だそうです。『面接は直接、屋敷に来て欲しい』と、おっしゃっていましたので、この紹介状を持っていってください」

「ありがとうございました」と、お礼を言って私は紹介所を出た。

さて、ここからが正念場。次は雇用主との面接が待っている。オーディションを受けまくった前世の経験を生かして、絶対にお仕事をゲットするぞ！

やる気に満ち溢れながら資料を見ると、そこに書かれた依頼人名に私は驚き目を見開いた。

一方、ビクトリアが去った後の紹介所では――。

「ねぇ、もしかして、この家庭教師の案件、女性に紹介しちゃった⁉」

「しましたけど……えっ、ダメでした？」

「ダメよ！　ほら、この備考欄見て！」

ビクトリアを担当した職員が、先輩職員の手元にある書類をのぞき込む。

「えっと、なになに……えっ⁉　『女性不可』って、どうしてですか？」

「依頼人はこの間の戦争で活躍したアシュレイ・クラーク様よ。地位も名誉もあって、おまけにすこぶる美形だから、派遣された女性教師はみんな惚れちゃって仕事にならないらしいわ」

調べると、既に両手で収まりきらない人数の家庭教師が、一日と持たずクビになっている。

「この前なんか、お子様そっちのけでクラーク様に言い寄る女性教師もいたりして大変だったのよ」

「あわわわ……！　あたしってば、そんなご家庭にビクトリアさんを紹介しちゃった。どどど、どうしましょう、先輩⁉」

「まず一刻も早く上に報告して、クラーク様のご自宅へ謝罪に行くべきね。あと、ビクトリアさんには別案件を紹介しなきゃ」

「はい……」

あぁ、ビクトリアさん。自分が謝罪に行くまで、どうか問題行動を起さないでくださいね、と女性職員は心の中で切に願うのだった。

◇◇◇

新興貴族の屋敷が建ち並ぶ新市街の一角。

目的地であるクラーク男爵邸は真新しく、想像以上に大きな屋敷だった。門番に訪問理由を告げると、すぐさま執事が出迎えにやってきて応接間へ通される。外観も素晴らしく立派だが、屋敷の中も広々としている。

落ち着いた色合いのオシャレな内装、さりげなく置かれた高価な調度品。

パッと見ただけでも、この屋敷の主人のセンスの良さと裕福さが十分よく分かる。

「呼んで参りますので、少々お待ちください」

執事が一礼して去り、部屋にひとり取り残された。

段々と緊張がこみ上げてきて、私は深呼吸を繰り返す。前世で経験した唐突な無茶ぶり、答えにくい質問、圧迫面接、いろいろな記憶が頭の中にあるから大丈夫、と自分自身に言い聞かせる。

（これくらいの緊張、はね除けて合格してやろうじゃないの！）

心を奮い立たせて頭の中で想定問答を組み立てていると、数分もしないうちにコンコンと扉がノックされた。潑剌《はつらつ》とした声で「はい！」と返事をして立ち上がる。

「お茶をお持ちしました。失礼いたします」と言って入ってきたのは、朗らかそうな年配のメイドだった。

さらにその後ろから、かわいらしい男の子がひょこっと顔を覗かせる。少年は私の向かいのソファに腰を下ろすと、メイドがテーブルにお茶を置くと同時に声をかけてきた。

「そ茶です、どうぞ。お口にあうといいのですが」

多分、粗茶の意味は分かっていないのだろう。

おませな顔をした少年が、たどたどしい口調でお茶を勧めてきた。

ほほ笑ましい気持ちになりながら私はソファに座り、「いただきます」と告げて紅茶に口をつける。

「とても美味しいです。おかげさまで緊張がほぐれました。ありがとうございます」

お礼を言うと、男の子は口をきゅっと引き結んで、照れくさそうにはにかんだ。

ふわふわの茶髪に大きな青い瞳。切りそろえられたパッツン前髪。お澄まし顔と大人びた口調が愛らしい少年だ。

この子が、貴族学校に通う予定だというクラーク家のお子さんかしら？

紹介状を見たときから不思議に思っていたのだが、たしかアシュレイは独身未婚のはず。

救国の英雄に息子がいるという話も聞いたことがない。

……なにかワケありなのかも、と思うが、まずは目の前のことに集中しなきゃ。

正面に座った少年は、きりりとした険しい顔をしていた。ソファの上で懸命に腕と足を組み、品定めをするように私をジッと眺める。

（……これってもしかして、もう面接始まっている？　この家では、お子様が家庭教師を選ぶ方針なのかしら？）

私は背筋を伸ばして座り直すと、爽やかな笑顔とハキハキした声で自己紹介した。

「はじめまして、私は家庭教師の面接に来ました、ビクトリア・キャンベルです。どうぞよろしくお願いいたします」

「僕は、イアン・クラーク、六歳だ。だけど、もうすぐ七歳になる。で、ビクキ、リアさんは、僕の先生になるの？」

「はい、合格をいただければ、そうなります。それと私のことはビッキーと呼んでください」

「うん、わかった」

「私からもイアン様に質問しても良いですか？」

キリッとした顔で、イアンが「どうぞ！」と言う。

「イアン様のお好きなこと、嫌いなことを教えていただけますか？　例えばよくする遊びとか」

「あそび……？　勉強じゃなくて？」

「もちろんお勉強は大切ですが、机に向かってばかりでは疲れてしまうと思うんです。休憩の時はなにをしたいかなと思いまして」

「僕は、かけっこと剣のれんしゅうが好き！　べんきょーはあんまり……。あとママとパパと、アシュレイが好き。それとキャシーも……」

「身体を動かすのがお好きなんですね。じゃあ、お勉強に疲れたら、一緒にダンスを踊って気分転換するのも良いですね」

「ダンス！」

それまで面接官のように振る舞っていたイアンが、ぱあっと表情を明るくした。

ぴょんとソファを飛び降りて私の元に歩いてくると、隣にちょこんと座り、ややうつむきがちに「あの……」と、もじもじしながら口ごもる。

私が「大丈夫ですよ。ゆっくりお話してください」と優しく促せば、イアンがほっとした顔で少しずつ話し出した。

「僕、こんど、キゾクの学校にいくんだ。そこで、ダンスのパーティがあるって聞いたんだけど……」

そわそわしたイアンの言動から私はピンときた。

「もしかして。一緒にダンスを踊りたいご令嬢がいるのですか？」

「……うん」

頬を桃色に染めて、こくりと首を縦に振るイアン。そのあまりの愛らしさに。たまらず胸を押さえて「ぐうっ」と声を上げた。

なにを隠そう、私は無類のかわいいもの好きなのだ。

特別子供が好きな訳ではないけれど、小さくて可愛いものを見ると胸がキュンとしてしまう。めちゃくちゃキュートなイアンに見事ハートを打ち抜かれ、胸を押さえてぷるぷる震える私の顔を、彼が気遣わしげにのぞき込んでくる。

「どうしたの？　胸が痛いの？　もしかして、心臓が痛い？」

「持病のかわいいもの好きが……、いえ、なんでもありません。大丈夫です」

「ジの、びょうき……？？」

「いえいえ！　痔《じ》の病気ではありませんよ」

イアンが無邪気な顔で「ん？」と首を傾げる。

まずい。このままじゃ私は、特にアピールポイントもないまま、痔の病気（疑惑）の家庭教師という印象になってしまう。なんとか挽回を図らなければ。

にっこり爽やかな笑みを浮かべ、さりげなく話題を変えた。

「こう見えて私、ダンスはとても得意なんです。もしイアン様の先生になれたら、一緒に練習しましょうね」

「うんっ！　僕、ビッキーとダンスの練習したい！」

イアンがキラキラお目々のワクワク顔で私を見上げてくる。

その時、ノックのあとに屋敷の主人――アシュレイ・クラークが入ってきた。彼は、イアンの姿を視界に捉えると「どうして、ここにいるんだ?」と不思議そうに尋ねる。

「ビッキー先生のめんせつしてた!」

ソファから降り、アシュレイの元に駆け寄るイアン。

「アシュレイ、こちらビッキー。イアンの先生。ダンスがとくいだから教えてくれるって。あと、ジのびょう――」

「せっ、先日は助けていただきありがとうございました!」

焦った私は、慌てて挨拶することでイアンの言葉をそれとなく遮った。

イアンくん、いま完全にビッキーは痔の病気って言おうとしていたよね?

あぶない、あぶない……危うく誤解を生んで変な空気になるところだった。

背中に冷や汗がつーっと伝う。動揺を押し隠して、私は面接用の爽やかな笑顔を浮かべ続けた。そんな私の顔を、アシュレイが腕組みしてジッと見つめてくる。

……なんでしょう。すごーく不審な目で見られているんですが?

なにかまずいことしちゃったでしょうかね。

アシュレイが、ハッとなにかに気付いた様子で「もしや」と口を開いた。

「貴方は、ビクトリア・フェネリー侯爵令嬢ですか……?」

（気付いてなかったんかーい！）

「はい」と返事をすると、アシュレイは珍獣を観察するように、まじまじと私を見つめた。

確かに髪型とメイクを大幅に変えたけれど、そんなに分からないものかしら？

とりあえず、改めて自己紹介をしましょう。

「家庭教師の面接に参りました。ビクトリア・フェネリー改め、ビクトリア・キャンベルです。本日はよろしくお願いいたします」

「え、ええ……どうも。ですが、なぜキャンベル姓を……？　というか、どうして高位貴族のご令嬢が家庭教師を？」

「実家を出ましたので、私はもう侯爵令嬢ではございません。今後は遠縁のキャンベル家の姓を名乗り、職業婦人として生きていくつもりです」

「侯爵家を出た？　それは、またいったい……」

私が手短に経緯を説明するのを、アシュレイは黙って聞いていた。

彼の隣では、イアンが私たちの顔を交互に見ながら、アシュレイのクールな表情を真似して
「へぇ、そうなんだ」と呟く。でも多分、話の内容はまったく分かっていないと思う。

すべてを聞き終えたあと、アシュレイは頷いた。

「事情は分かりました。ですが、家庭教師については男性を希望しております。過去に、その……面倒なことがありまして。せっかく来てくださったのに、すみません」

「いえ、そんな！　どうか謝らないでください。きっと、紹介所で手違いがあったのでしょう」

残念だけれど仕方ない。口ぶりから察するに、過去の面倒事とは多分、女性関係。

おおかた、女性の家庭教師がアシュレイに惚れて問題でも起こしたのだろう。

これほどイケメンだと、使用人を雇うのも大変そうね。

アシュレイの苦労に想いを馳せつつ、私はすっと立ち上がった。今回は縁がなかったということで、次の仕事を探しに行きましょう。

「では、私はこれで――」

「ビッキー、行かないで！」

両手を広げたイアンが、通せんぼうするように扉の前に立った。

アシュレイが「お客様をお見送りしよう」と優しく諭し、やんわり退かそうとするものの、イアンは「やだ！」と首を横に振る。

完全拒否に、アシュレイは面食らっているようだ。いつもは何事にも動じなさそうなポーカーフェイスの彼にしては珍しく、目をぱちくりさせて言葉を失っている。

アシュレイの反応から察するに、普段のイアン少年は、こんな風にわがままを言う子ではないのだろう。

「僕の先生は、ビッキーがいい！」

「だが、女性は……」

「いままでの女のひと、僕にアシュレイのことばかり聞いてくる。アシュレイの近くにいたいから、僕の先生やってるんだ。僕がジャマだって言うひともいた」

子供の口から語られる残酷な内容に、私は絶句した。

アシュレイも過去の出来事を思い出しているのか、やるせない表情を浮かべている。

険しい顔をする大人ふたりを見て、イアンは怒られていると勘違いしたのだろう。涙を浮かべながら、それでも話し続けた。

「ビッキーは他のひとと違った！　好きなことはなに？って聞いてくれた。ダンスのれんしゅうしようって約束した。あと、そ茶おいしいって、ありがとうって。だから僕の、イアンの先生はっ、ビッキーが、いいっ！　ビッキーじゃ、なきゃ、やだぁっ！」

両目から大粒の涙を流し、イアンが「うぇぇん」と大声をあげて泣き出してしまった。

アシュレイが慌ててしゃがみ込み、「えぐっ、えぐっ」としゃくり上げるイアンの頭を撫でる。そしてこちらを振り返り、申し訳なさそうに言った。

「お断りしたばかりで心苦しいのですが、イアンがこう言っているので、引き受けていただけないでしょうか」

「お許しをいただけるのであれば、ぜひ！　良い先生になれるよう頑張ります！」

「――ということだ。良かったな、イアン」

さっきまで号泣していたイアンがぴたっと泣き止み、笑顔で「わぁい！」と飛び跳ねる。

ぴょんぴょんするだけでは気持ちが収まらなかったのか、勢いよく私の腰に抱きついてきた。六歳児の全力タックルはそこそこの衝撃があり、受け止めきれず後ろによろけた私の背中を、アシュレイがとっさに片手で支えてくれる。

「こらっ、はしゃぐな。危ないだろう」

「すっごく嬉《うれ》しくて。ビッキー、ごめんね」

「大丈夫ですよ。クラーク様、ありがとうございます」

私は素早くアシュレイから身体を離し、お礼を言った。

この仕事を失いたくなければ、私のすべきことはふたつ。

ひとつ目は、イアンの良き先生であること。

ふたつ目は、アシュレイに対して個人的な感情を抱かないこと。

私はまだ、男性に熱烈な恋愛感情を抱いたことはないけれど、恋は時に思考を鈍らせ、人を愚かにさせるものだと思う。オスカーとエリザのように。

彼らみたいな脳内お花畑の浅慮《せんりょ》な人間にはなりたくないし、もう愛や恋だのに振り回される人生はごめんだ。

私は姿勢を正すと、改めてアシュレイに向き直った。

「クラーク様、どうかご安心ください。これは仕事だと、私はきちんと理解しております。決して私情は持ち込みません」

言外に「貴方に惚れて、面倒事を起こしたりしません」と告げると、アシュレイは私の言葉の意図に気付いたのか、軽く頷いた。

「俺のことは、どうかアシュレイと。イアンを頼みました」

「はい、アシュレイ様」

こうして、私の住み込み家庭教師生活が幕を開けた――。

三章　ビクトリアの第二の人生

採用が決まったあと、イアンの案内でお屋敷の中を見て回ることになった。アシュレイはちょうど来客があり、今は席を外している。

「ここが、ビッキーのお部屋だよ」

与えられた部屋は日当たりも良く、フェネリー侯爵家の私室にも負けないくらい広々としている。

室内にはベッドに本棚、衣装ダンス、化粧台など、日常生活に必要な家具は一式揃《そろ》っており、おまけにどれも一級品。

女性家庭教師たちが玉の輿《こし》を狙いたくなるのも頷ける。こんな豪華な部屋に案内されたら、女主人になりたいという欲目も出るはずだわ。

「このお部屋は、他の先生も使っていたのですか？」

「ううん。ここにとまった人は、まだいないよ。アシュレイが怒ってみんな追いだしたから」

ということは、派遣されてきた他の教師は一日と持たずクビにされたということか。

気をつけようと思うのと同時に、短時間であの冷静そうなアシュレイを怒らせるなんて、いったい全体みんなどんなやらかしをしたのか不思議だわ……。

「二階は僕のべんきょう部屋とねる部屋。アシュレイのおしごと部屋とねる部屋。それと、つかってない部屋がたくさん！」

元気いっぱいのイアンを先頭にお屋敷の中を歩く。

行く先々でイアンが使用人たちに「僕の先生になったビッキーだよ」と紹介してくれるので、私も挨拶をして回る。

「こっちはリビングとごはんを食べる部屋。そして、ここがキッチンだよ！」

厨房のドアを開けると、ふんわりと甘い良い香りが漂ってくる。

「坊ちゃん、パルミエが焼けているよ。味見するかい？」と、シェフがイアンに尋ねた。

「食べる！　あむっ。もぐもぐ……。こひら（こちら）は、きょふ（今日）からぼふ（僕）の。ごくっ。先生になる、ビッキーです」

イアンが、頬袋に餌を詰め込むリスのようにお菓子を口いっぱいに頬張りながら、シェフに私のことを紹介する。

「初めまして、ビクトリアです。どうぞよろしくお願いします」

「よろしく！　さぁ先生も遠慮せず、どーぞ」

握手がわりに差し出された皿から、ハート型のパイ菓子をひとついただいて食べる。

子供が食べやすいように一つ一つが小さめに作られているパイは、甘くサクッと軽い食感だ。

表面にまぶしてある砂糖がキャラメリゼされて、香ばしい風味が口いっぱいに広がる。

私が「わぁ、美味しい！」と微笑むと、シェフが嬉しそうに破顔した。

「へへっ。そんなにうまそうに食ってもらえたら、料理人冥利に尽きるってもんだぜ」

「僕もっとたべる！　すごくおいしい！」

「そりゃあ嬉しいな。だが、さすがに坊ちゃんは食べ過ぎだ。夕飯入らなくなるから、これで終わりだぞ」

「ええっ〜〜〜、もういっこ！」と駄々をこねるイアンと、「ダメ！」と首を横に振るシェフ。

ふたりの賑やかなやり取りを眺めていると、アシュレイがキッチンにやってきた。

「お疲れさまです。お客様はお帰りになられましたか？」

「ええ。紹介所の人たちが謝罪に来ました。手違いで女性を紹介してしまった、と」

ミスしてしまった女性職員は、顔面蒼白《そうはく》になりながらアシュレイに頭を下げたらしい。

手違いとはいえ、この仕事を紹介してくれた彼女のためにも、しっかり勤め上げなきゃ。

改めて「頑張りますので、よろしくお願いします」とお辞儀をすると、アシュレイもつられたように頭を下げた。

「こちらこそ、イアンをどうぞよろしくお願いします。実は入学式まで一カ月しかないのですが、俺は生まれが庶民なのでマナーには自信がなくて。といっても、マナーだけじゃなく、子育て自体もうまくできているか不安ばかりですが」

アシュレイが表情を少し緩め、優しい眼差しでイアンを見つめる。

これまでの話から察するに、ふたりは本当の親子ではないようだ。

なにか事情がありそうだが、家庭教師になったばかりの私があれこれ聞くのもはばかられるので、余計な詮索《せんさく》はしないことにした。

目の前では、アシュレイがイアンの口元についた食べかすを拭きながら、お小言をいっている。

「お前は一応、男爵家の子供になったんだから、もっと上品に食べよう」

「分かった。僕、パルミエひとくちで五枚たべられるけど、二枚にしとく」

「頼むから一枚ずつ食べなさい。喉に詰まるから」

「ラジャー！」

ビシッと敬礼して、お小言から逃れるように駆け出すイアン。ドタドタと足音を響かせて廊下を走る姿は、どう頑張っても貴族のご子息には見えない。

やれやれといった様子で、アシュレイがため息をついた。

「あの野生児、一カ月で上品になれますかね」

「ええっと……」

どう答えるべきか悩む間にも、ドタドタ――と元気いっぱいに廊下を走り回る音が聞こえてくる。

「イアン様って、もっと大人しい印象だったんですが……」

「人見知りなので、お客様の前では大人しくて良い子なんですが、いったん心を開いた相手には……手のつけられないワンパク怪獣です」

「ワンパク怪獣……」

上階から、おもちゃ箱をひっくり返すような大きな音が再び聞こえてきた。

この超短期間でワンパク怪獣をお貴族風にできるだろうか……。

はじめてのお仕事で、わりと高難易度ミッションでは？

「とりあえず、心を開いてもらえて良かったです。頑張ります。ははは……」

一抹の不安を覚え引きつった笑みを浮かべながらも、私はやるしかないと自分を奮い立たせるのだった。

それから私たちは、アシュレイの執務室で雇用契約書を取り交わすことになった。

期間はとりあえず、イアンが新学期から貴族学校に入学して落ち着くまで。仕事内容、給与、勤務時間などは事前情報どおりで、福利厚生も充実している。

期間限定の仕事とはいえ、かなりの好待遇だ。

契約書に不備がないか確認していると「それから、俺とイアンの関係ですが」と、アシュレイが話を切り出した。

「イアンは、世話になった先輩騎士の子供なんです。彼は三年前に戦死してしまい、昨年あの子の母親も心臓病で亡くなりました。最初は親戚の家で暮らしていましたが、孤児院に預けられることになったので、俺がイアンを引きとることにしました」

明るく元気に振る舞うイアンに、そんな悲しい過去があったなんて……。

「もともとイアンは無邪気な子供でしたが、母親を亡くしてからは物分かりの良い大人びた言動をするようになりました。俺が引き取ってからは、今日みたいに泣いて駄々をこねるようなことは一度もなかったんです」

「そうだったのですね」

「貴女のことを、とても気に入ったみたいです。イアンにどんな魔法をかけたんですか？」

冗談交じりに尋ねられたので、私もふふっと笑って「企業秘密です」と答えた。

「企業秘密か、それは残念。知りたかったな」

フランクな口調で言って、おどけたように少し肩を竦《すく》めてみせるアシュレイ。

戦勝記念パーティで会った時は、とっつきにくい印象を受けたけれど、プライベートでは案外フレンドリーな人みたい。これなら仕事もやりやすそう。

私はほっと胸をなで下ろし、緊張を解いた。

「企業秘密なんて冗談ですよ。特別なことはなにも。イアン様のことを知りたいなと思って、お話を聞いていただけなんです。自分の気持ちを話すのって結構、勇気がいることですから。それで打ち解けたのかもしれません」

親は前世も今世も、娘の話をまったく聞かない人たちだった。そんな人たちの姿を見て育った私は、子供の頃から思っていた。

――こんな大人にはならないぞ！と。

「私はイアン様のお話をしっかり聞いて、少しでも気持ちに寄り添えたら良いな、と思っています」

「素敵です」

アシュレイが真顔で言った。

今までの塩対応から一転、急に褒められて驚いてしまう。

「えっ⁉　いえ、そんな！　至らないところもあるかと思いますが、頑張りますのでよろしくお願いします」

立ち上がって頭を下げると、目の前に手が差し出された。顔を上げると、いつもの爽やかポーカーフェイスのアシュレイと目が合う。

「こちらこそ。これから、よろしくお願いします」

「はい――！」

彼の大きな手を握り返し、私たちは契約を交わした。

ここから人生リスタート。

侯爵令嬢をやめた私の新生活が本格的に幕を開けた――。

仕事を始めてからは、一日がまたたく間に過ぎ去っていく。

令嬢時代も淑女教育や習い事で忙しかったけれど、今はその比じゃないくらい時間の流れが速い。

勉強やマナー教育といった仕事に加えて、イアンの理解度に合わせた教材選び、学習計画の作成。分かりやすく教えるために、私自身の予習復習も欠かせない。

仕事ってつくづく大変……と思いつつ、楽しんでいる自分もいる。

「ビッキーの授業おもしろい！」と言われれば、思わずガッツポーズしちゃうくらい嬉しいし、好奇心旺盛なイアンと一緒に新しいことを学ぶ瞬間は私もワクワクする。

これまでの人生の中で、一番充実しているのはいつですか？と聞かれれば、私は迷いなく「今です！」と答えるだろう。

それほど、ここでの生活は新鮮で楽しかった。

そうこうするうちに気付けば、住み込みの家庭教師を始めて一週間。

勉強部屋で国語のテキストに向かうイアンの隣で、私は学習計画表と睨めっこしていた。

イアンの始業式まで、残り一カ月弱……。

算数や理科などの得意科目は、進学校である貴族学校でも十分通用するレベル。その一方で、国語や外国語などの苦手科目については、もう少しお勉強が必要だ。

さらに勉強だけでなく、上流階級の礼儀作法や話し方、ダンスの練習もしなきゃいけない。

とりあえず勉強は苦手科目を重点的に、マナーは日常生活の中で習慣化させるとして……。

計画表を見てあれこれ思案していると、横でイアンが「んん～」と唸《うな》った。ペンを持ったまま難しい顔をしているが、目はテキストを素通りして、窓の外の雲に向けられている。

完全に集中力が切れているわね。

私は参考書にしおりを挟み、ぱたんと閉じた。

「イアン様、勉強は一旦お休みにして、休憩しましょうか」

「いいの？」

「焦っても良いことありませんからね。たまには、ぱーっと遊んで気分転換してから、また頑張りましょう！」

「やったー！」

「さて、なにをして遊びたいですか？」

「ダンス！」

「了解です！」

ご機嫌なイアンと並んで廊下を歩いていると、正面からアシュレイがやってきた。勤務中は一分の隙もなくかっちりと騎士服を着ているが、休日は白シャツに黒いズボンというラフな服装で、髪も無造作に下ろしている。

こちらに気付いた彼が、「おや？」という顔をした。

「あれ、勉強はもう終わったんですか？」

「ちょっと息抜きにダンスの練習をしようと思って。そういえば、アシュレイ様はダンス、お得意ですか？」

「まぁ、そこそこ、ですね」

アシュレイがすいっと視線をそらす。

（うん。キミ、嘘ついているねぇ。その顔、絶対にダンス苦手だよねぇ）

いつも冷静沈着でポーカーフェイスなアシュレイだが、よく観察すると、割と表情が豊かだったりする。特に視線。嘘をつくときは大抵そらす。

私にばれないと思ったの？　残念ながら、お見通し。前世女優の観察眼からは逃れられないわよ――と思いながら、にっこりほほ笑んで提案した。

「アシュレイ様も一緒に練習しましょうか？」

「いや、俺は結構です」

「なにをおっしゃいます。貴族学校では、しょっちゅう懇親会と称した舞踏会が開かれるんですよ。子供だけでなく、保護者も踊れなくちゃ」

「壁のシミになるわけには、いかないでしょうか？」

「壁のシミ？」

パーティで人の輪に入れず壁際でたたずむ女性を「壁の花」というが、その男性バージョンが「壁のシミ」らしい。

社交場で女性から相手にされない男性、という意味でも使われる言葉のようだが……。

「貴方のような独身美男が壁のシミになっていたら、ご令嬢が甘い蜜を求める虫のように群《むら》がって大迷惑です。さあ、とにかく一緒に練習しましょう！」

「そうだよ、アシュレイ。ダンスしようよ！」

二対一で勝ち目がないと悟ったのか、アシュレイは渋々といった様子で観念した。

ダンスホールを兼ねた大広間につくと、「こちらへ」とアシュレイが手招きして歩き出す。

「曲を流したい時は、この魔道蓄音機を使ってください」

そう言って彼が指さしたのは、立派な蓄音機型の魔道具だった。この国で採れる魔道石を用いた『魔道具』は、さまざまな種類、価格帯のものがあるが、総じてどれも値段が高い。

しかもクラーク家の魔道蓄音機は高価格帯の最新モデル。一台で、私の半年分の給金が軽く吹き飛ぶだろう。

子供のダンス練習用に、こんな高いものを買えるなんて。

さすが救国の英雄。そこら辺の貴族より断然裕福だわ——と思うのと同時に、イアンの教育のためなら出費を惜しまないアシュレイの熱心さも窺《うかが》い知れる。

俄然、やる気が出てきた——！

「これだけ整った環境なのですもの。イアン様をクラス一、いや学校一のダンス王に育て上げてみせましょう‼」

腕まくりする私を見ながら「いや、別にそこまでじゃなくても」とアシュレイが小さくツッコミを入れてくる。

しかし、当の本人であるイアンが「ダンス王に僕はなる‼」と宣言したため、アシュレイは「うん、頑張れ……」と言ったきり口を噤《つぐ》んだ。

魔道蓄音機の電源ボタンを押すと台座にはめ込まれた魔道石が光り、録音保存されていた優雅な音色が流れ始める。

ワルツの調べを確認しながら、私はイアンたちに向き直った。

「さて、イアン様。舞踏会で気をつけるべきことは、踊りだけじゃありません。会場に入った瞬間から駆け引きが始まっているのです」

「つなひき？」

「綱引きじゃなくて駆け引きですよ。舞踏会とは、貴族の思惑に満ちた――まさに戦場！　物珍しそうにキョロキョロしたら一発でお上りさんだとばれるので、気をつけてくださいね」

「ぶとう会はせんじょう！　わかった。イッパツおのぼりさん、気をつける！」

イアンがキリッとした顔で頷く。左手にはメモ帳、右手にはペンを持っている。よほどダンスに誘いたい子がいるのだろう、やる気満々だ。

熱心に講義を聴く六歳児の隣で、二十二歳成人男性がイマイチやる気なさそうなのが気になるが……。

まぁ、それはひとまず置いておくとしましょう。

「ダンスは男性から誘うのが一般的なマナーです。女性たちは視線や仕草で『踊っても良いわよ』とアピールをしてきますので、女性のささいな言動を観察して心を察するのが、一流の紳士です」

「はいっ、先生！」

「イアン生徒、良いお返事ですね」

メモを取り真剣に話を聞く幼い生徒に、私もにっこり。

一方、もうひとりの生徒はというと――。

「アシュレイ様、こっそり逃げようとしても、そうはいきませんよ」

忍び足で脱走しようとしていたアシュレイが、ぎくりと足を止め振り返った。

「『ばれましたか』みたいな顔でこっちを見てもダメですよ！　はい、戻ってきてください」

私に手招かれたアシュレイは、複雑な表情を浮かべながら戻ってきた。

（逃げ出したくなるほどダンスが下手なのかしら？　それとも、ご令嬢の足を踏んでしまったトラウマがあるとか……？）

どちらにせよ、爵位を得て貴族になった以上、舞踏会への出席は免れない。彼の容姿では壁のシミになるのは不可能だし、理由もなくダンスを断れば社交界での評判も落ちる。

「苦手なお気持ちは分かりますが、アシュレイ様の今後のためにも、ダンスは踊れるようになった方が良いと思うんです。試しに少し踊ってみましょう？」

まずはどれくらい踊れるのか把握するため、私はアシュレイの手をやんわり取った。

「いや……俺はその……」と、彼が口ごもる。

私はぐずる子供をあやすように「だーいじょぶ、だいじょぶ。怖くないですよ～」と優しく宥《なだ》めつつ、彼の両手をがっちりホールド。

「イアン様にお手本を見せてあげたいので、まずは基本ステップから参りましょう。お相手お願いできますか？」

さすがに逃げられないと悟ったアシュレイが諦めの表情で頷いた。姿勢を正して片手をきちんと握り直し、私の腰にもう片方の手を添える。

大きな掌、長い指。騎士にしては綺麗な手だなと思っていたけれど、触れてみると「あぁ……戦う男性の手だ」と分かる。剣だこができて皮膚が厚く硬くなっていた。

「それでは、私が合図するまで基本ステップをお願いします」

「分かりました」

曲のタイミングを見計らって、リード役のアシュレイが滑らかに動き出す。

導かれるまま私も踊り始め――すぐさま驚きに目を見開いた。

（なにこれ……ものすんごく上手じゃない‼）

ダンスに慣れ親しんだ男性の中には、自分の技術を見せつけようとしてリードがおろそかになったり、女性を力尽くで振り回したりする人がいる。

だがその点、アシュレイは踊り自体の上手さに加えて、女性への気遣いも完璧。この人になら身体を預けても大丈夫だと思わせてくれる安定感があった。

これまで社交界で多くの男性と踊ってきたけれど、こんなに安心できるパートナーはいなかった。

（あぁ、なんてことでしょう。私はダイアモンドの原石を見つけてしまったわ！）

アシュレイは磨けばもっと光る……！

「すごいですわ、アシュレイ様！　驚くほどお上手じゃないですか！　これは、毎年王宮で行われる国内最大級のダンス大会、Ｄ‐１グランプリで優勝を狙えるレベルですよ！」

「そう、ですか。お褒めにあずかり光栄です」

才能の塊を見つけた興奮で、私は踊りながら無我夢中でアシュレイを褒め称えた。

満面の笑顔で「すごい！」「逸材を見つけてしまった」と連呼する私に、彼はやや困惑の表情を浮かべている。

「アシュレイ様、私とコンビを組んで、ぜひＤ‐１グランプリに――」

「出ませんよ」

ちゃっかりダンス大会のお誘いをしてみたが、即座に拒否された。

くうっ、優勝賞金狙えるレベルなのに……。

仕方ないので大人しく諦め、家庭教師の本分に立ち返る。

「イアン様、よく見ていてください！　これが完璧なお手本ですよ！」

踊りながら声をかけると、イアンは大はしゃぎ。興奮で頬を真っ赤にして「すごーい！」と叫び、時折「クルッてターンして」とおねだりしてくる。

請《こ》われるまま踊りを披露していると、あっという間に曲が終わってしまった。

上手な相手とのダンスは楽しくて、一瞬で過ぎ去ってしまう。

ふぅ、良い運動になった――と清々しい余韻に浸っていると、私のドレスをイアンがちょんちょんと引っ張った。

「どうしたんです？」

「ビッキーって、すごいね」

キラキラお目々でこちらを見上げるイアン。

「ダンスのことですよね？　まぁ、自分で言うのもなんですが、かなり上手な方だと――」

「ううん。違う違う、そうじゃない」

あっさり否定されて、私はガーンと地味にショックを受けた。

ダンスの上手さを褒められたと思ったのに、無駄に胸を張った自分が恥ずかしい……。

「ううっ……『すごい』って、なにがでしょう？」

しょぼーんと肩を落としながら尋ねると、イアンは私の顔をまじまじ見つめ、理由を教えてくれた。

「女のひと、アシュレイの近くにいるだけで、みんな目がハートになるんだ。でもビッキーは違う。ずっと手をつないでダンスおどってたのに、目がいつもとおんなじだ！」

あぁ、そういうことかと合点がいった。

アシュレイがダンスを避けていたのは、踊りが苦手なのではなく、触れ合うことで無駄な好意を寄せられたくなかったから。

「大丈夫ですよ。私、今まで男性に対して、目がハートになったことなど一度もありませんし。恋だの愛だの、もうこりごりなので。アシュレイ様の魅力も私には効きません。どうかご安心を」

清々しい笑みを浮かべてはっきり告げると、イアンはもう一度「ビッキーやっぱりすごい！」と言い、アシュレイは驚いた様子でこちらを見ていた。

「僕の先生、さいこうだよ！　ね、アシュレイ」

「ああ、そうだね。――すみません、貴女が公私混同するような方ではないとは分かっているのですが、女性を避ける癖がついていて……。これからも、どうぞよろしくお願いします。ビクトリア『先生』」

ふたりに先生と呼ばれて、言い知れない喜びが胸に満ちた。

特に、今まで私を警戒していたアシュレイが緊張を緩めてくれたのが嬉しかった。

……信用してもらえたのかな？　であれば、これからも益々頑張ろう。

「ではイアン様、さっそくダンスのお誘いをするところから始めましょう」

「うん、わかった！　でも、どんなふうにキャシーを誘えばいいんだろう……」

私はしゃがんでイアンに目線を合わせると、前世で自分が子役時代に行っていた演技方法をアドバイスした。

「どう振る舞えばよいか分からないときは、身近にいる理想の大人を真似するのがオススメですよ。まずは、イアン様が今一番カッコいいと思う紳士を思い浮かべてみましょう」

「僕が今いちばんカッコイイと思うおとな……」

イアンはアシュレイの顔を仰ぎ見ると、「やってみる」と力強く頷いた。

「では、私がキャシー様の役をやりますので、実際に誘ってみてください」

「わ、わかった！　……あの、キャシー……、ぼっ、ぼくと、ダンスに……おどって……くださ……」

イアンはモジモジしながら呟いたあと、やっぱりダメだと頭を抱えてうずくまった。

「ビッキー、むりだよっ！　アシュレイが女の人となかよくしてるとこ、見たことないからマネできないよ！」

うーん、真似作戦は難しいか。これは手強いぞと思いながら、私は素早く紙にセリフを書きつけ、次なるアイデアを提案した。

「では、私が男性役を実践してみますので、まずは見ていてください。……えっと、アシュレイ様、キャシー様役をお願いします」

腕組みして壁に寄りかかり、ことの成り行きを見守っていたアシュレイは、まさか自分に役割が回ってくるとは思わなかったのだろう。

一瞬「えっ……俺ですか?」と驚いた。

「演技なんて無理ですよ」

「ダンスの時もそう言っていたのに、お上手でしたよ。さあ、やってみましょう! はい、これが台本です。それでは、よーい、始め!」

自分自身のかけ声を合図に、私は演技に集中した。

「やあ、キャシー、こんばんは。良い舞踏会だね」

賑やかな舞踏会で声がかき消されないよう、しゃべり方はハキハキと。口角をあげて爽やかな笑みを浮かべ、好青年ならぬ好少年を演じる。

キャシー役のアシュレイは、驚いた顔で私の姿をまじまじと見つめたあと、ようやく思い出したようにセリフを言い始めた。

「ああ……じゃない。ええ? こんにちは、イアン。そう……ね? とても良い舞踏会です……わ?……ね?」

彼のあまりの棒読みに、笑ってしまいそうになるのを必死にこらえる。

さすがの救国の英雄も、演技は少々苦手らしい。

「今日の君は一段と綺麗だ。素敵なレディ、僕と一曲、踊ってください」

恭しく手を差し出すが、アシュレイは、ぼうっとしたまま固まっている。

（あれ？　フリーズした？）

私が小声で「アシュレイ様」と名を呼ぶと、彼はハッと我に返った様子で、おずおずと手を重ねてきた。

「――という感じです。イアン様、イメージは掴めましたか？」

振り返り問いかけると、イアンは首をブンブン縦に振って「すごいよ、ビッキー」とはしゃいだ。

アシュレイも「本当に、すごいな。驚いてセリフが飛びました」と感心したように呟きながら、手を引っ込める。

前世で男役はやったことがないけれど、なかなか上手に演技ができたみたい。

「よし、ではこれを真似して、実践してみましょう！」

褒められてやる気をみなぎらせた私は、その後みっちり一時間。イアンとアシュレイが「今日はもうやめてくれ～」とギブアップするまで、社交マナーとダンスの猛特訓をしたのだった。

その後、リビングで休憩していると、イアンが急にパタリと眠ってしまった。

さっきまで元気におしゃべりしていたのに、急に電池が切れたような突然の寝落ちだった。しかも私の膝の上に頭を乗せて。

ブランケットをかけてあげたいけれど、立ち上がる訳にもいかず悩んでいると、肩にふんわり温かな毛布がかけられた。

アシュレイが口元に人差し指を当てて「静かに」とジェスチャーをしながら、イアンの上にも毛布をかけ、正面のソファに腰かける。

「重くないですか？」

「大丈夫です。ふふっ、力尽きてしまったのですね」

安心しきった顔で、むにゃむにゃ寝言をいいながら眠るイアンは悶絶するほどかわいらしい。

起こさないよう優しい手つきで頭を撫でると、切りそろえられたパッツン前髪が額にサラリと落ちた。

「アシュレイ様。近々、イアン様と一緒に街へ出かけても良いですか？」

「構いませんが、なにか必要な物でも？」

「必要というか……この子の、この前髪と髪型をどうにかしたくて」

アシュレイの表情がピキッと固まる。

私は「やっぱり」と確信した。

「このパッツン前髪、切ったのはアシュレイ様ですね？」

「いや……その……。はい、俺です。髪の毛が目に入って邪魔だと言うから、切りました」

「どうして理髪店に行かなかったのです？」

「あぁ、思いつきもしませんでした。騎士は、自分か騎士同士で髪を切るのが当たり前なんです。長期任務では、いちいち理髪店にいけませんから。それで――」

「ついハサミでジョキジョキとやってしまった、と？」

アシュレイは「お恥ずかしながら」と頷いた。

どうりで彼自身も微妙に似合わない髪型だと思った。素人が切っていたのなら納得だわ。

この際、親子まとめて流行のヘアスタイルに変えてしまいましょう。

「イアン様の勉強に必要な物も買いたいですし、次のアシュレイ様のお休みに三人で街へ行きましょう」

「分かりました。では、次の休日。荷物持ちならお任せを」と、アシュレイが頼もしく言う。

まさか自分も理髪店に連行されるとは思ってもいない様子だった。

◇◇◇

リビングにゆったりとした空気が流れ、時折「すぴぃ～すぴぃ～」というイアンの寝息が聞こえてくる。

「イアン様、本当にぐっすり眠っていますね。そろそろ夕食の時間ですけど、もう少しこのままでいましょうか」

ビクトリアがふんわり微笑み、イアンの頭を優しい手つきで撫でる。その姿を眺めながら、アシュレイは自分が久々にリラックスしていることに内心驚いていた。

イアンと暮らし始めてから、楽しいことも多々あったが、慣れない子育てに不安の連続。特に悩んでいたのが、イアンの家庭教師問題だった。

この国では住み込みの家庭教師といえば女性の仕事という風潮が強く、男性教師はなかなか見つからない。やってくるのは、イアンそっちのけでアシュレイに色目を使う女性ばかり。

これまで何人の女性家庭教師を追い出してきたことか、もはや覚えていない。

入学式が迫るにもかかわらず先生探しは難航し、アシュレイの焦りは最高潮に達していた。

そんな時に現れたのが、ビクトリアだ。

イアンが望んだため採用したが、もちろんアシュレイは彼女のことも当初は警戒していた。

だが予想を裏切り、彼女は素晴らしい教師だった。

真面目で仕事はとても丁寧、性格も明るく朗らかで、屋敷の使用人とも良好な関係を築いている。彼女の有能さに、アシュレイはひっそり感心していた。

そしてなによりも衝撃的なのが、人見知りのイアンが懐いていることだった。親しい相手には人懐っこいイアンだが、信用していない大人にはとことん愛想がない。

これまでやってきた家庭教師には大人びたそっけない態度をとるばかりだったため、まさかビクトリアの膝枕で眠るなんて信じられない光景だった。

彼女の膝に頬ずりをして安心しきった様子で眠るイアンを、アシュレイは驚きながら見つめる。

子供は、自分を愛してくれる人、危害を加えない大人を本能で察知するという話を聞いたことがあるが……。

（イアンがここまで懐いているんだから、俺ももう少し、ビクトリアさんのことを信じてみよう）

こちらの視線に気付いたのか、ビクトリアが「どうかしました？」と首を傾げる。

アシュレイが首を横に振った時、寝落ちしていたイアンが「むにゃむにゃ」と言いながら目を開けた。

「ふぇ、あれ、ぼく、ねてた？」

「ああ、ぐっすりな」

「イアン様、そろそろ夕食の時間ですよ、ご飯にしましょうか。今日のメニューはステーキみたいですよ」

「やったー！　ビッキー、アシュレイ、早くいこ！」

イアンは飛び起き、ビクトリアの手を引いて「はやく、はやく！」と急かす。

まったく、お子様は切り替えが早いな。

隣を見ると、ビクトリアと目が合った。

「寝起きなのに元気ですね」と、彼女はにこりと笑って小声で囁く。

自分と同じようなことを考えていたらしい。

「ええ、まったく」

互いに顔を見合わせて微笑み合うと、胸の内がふんわりと温かくなった。

女性と話して安らぎ、楽しいと思えるのはいつぶりだろう。いや、もしかしたら、初めてかもしれない。

楽しいといえば、つい思い出してしまうのは先ほどのダンスレッスンのことだ。

様子を窺うためにアシュレイも参加したが、気付けば彼女の明るい雰囲気につられ、楽しんでいる自分がいた。

『私とコンビを組んで、ぜひD-1グランプリに出ませんか』などという、予想外のことを言い始めた時は、思わず吹き出しそうになるのを必死にこらえた。

いつもはしっかり者なのに、ある時は無邪気に踊り、少女のように可憐《かれん》に笑い、そうかとおもえば、こちらが息をのむほどの迫真の演技をしてみせる。

今まで出会ったことのないタイプの女性だ。

（彼女は、本当に不思議な女性だ）

くるくる変わる表情を見ていると、次はどんな一面を見せてくれるのだろうかと興味が湧いてくる。

心の中に、生まれて初めての感情が芽吹き始めていることに、この時のアシュレイはまだ気付いていなかった——。

◇◇◇

翌週、予定通り街に出た私たちは、イアンの教材や文具などを購入したあと理髪店へと向かった。男性ふたりはオシャレ空間に完全にたじろいでいる。

仕方ないので、私が先頭に立って入店した。

「予約していたクラークです」

「クラーク様、お待ちしておりました。男性カット二名様ですね」

「はい」と頷く私に向かって、アシュレイが「お、俺もですか!?」と驚きの声をあげた。

その後、慣れない場所で緊張したのか、理髪店を出たクラーク親子はひどく疲れた様子だった。ふたりとも見違えるほど格好良くなったのに、表情はどんよりしている。

「おふたりとも、大丈夫ですか？」

「大丈夫じゃないよぉ～。オシャレって、たいへんだ……。いっぱい人が集まってきて、つかれちゃった……」

「俺も、さすがに疲れた」と、アシュレイが頷く。

英雄親子を庶民も通う普通の理髪店に行かせる訳にはいかない。そのため私が予約したのは、貴族御用達の店だった。

スタッフの接客も良く、個室完備でプライベート面も安心……のはずだったが、客の一部が美形騎士を見ようと個室に押しかけ、店内は一時騒然となった。

店側がすぐさま騒ぎを収めてくれたものの、慣れない場所での散髪に加え、人々にジロジロ見られたふたりはさぞ疲れたことだろう。

「すみません。まさかこんなことになるとは……」

しゅんと項垂《うなだ》れる私に、アシュレイが「先生のせいじゃありませんよ」と首を横に振った。

イアンも自分の前髪をいじりながら、うんうんと頷く。

「ビッキーは悪くない！　僕、アシュレイが切ったヘンな前髪で学校いってたら、ゼッタイにいじめられてた。だからビッキーのおかげで、いちのひろった」

「それを言うなら『命拾い』だな」

アシュレイのツッコミに「言いまちがえただけだもん！　知ってるもん」と頬を膨らませるイアン。

無残なパッツン前髪はプロの手によりオシャレっぽく整えられ、イアンのかわいらしい顔立ちを引き立てる見事な髪型に仕上がっている。

「そう言っていただけて、ほっとしました。ありがとうございます」と告げると、ふたりは同時ににっこりほほ笑んだ。

しばらく歩くと、目の前に大きな公園が見えてくる。中央には噴水があり、その周りを円形にぐるりと囲むようにベンチが設置されている。公園脇には飲み物や軽食を売る屋台が並んでいた。

「少しベンチで休んでいこうか」というアシュレイの提案に、私は「そうしましょう」と頷き、イアンは「いのちびろいしたぜ」と覚え立ての単語を言った。

「あそこの屋台でジュースを買ってきましょうか？」

「僕も行くっ！」

それまで、どよ〜んとしていた少年の目が、一瞬にして輝きを取り戻す。

「それじゃあ、飲み物は私たちにお任せを！　アシュレイ様は席の確保をお願いします」

「分かりました。すみませんが、イアンを頼みます」

「はい！　アシュレイ様はなにを飲みます？」

「では、コーヒーをブラックで。支払いはイアンに任せてやってください。――みんなの分、買えるよな？」

「もちろんだよ！」と、イアンがリュックの中から小さな財布を取り出す。

私たちは公園の一角にあるジューススタンドへ向かった。

買い物を済ませ、きちんと支払いができたイアンを褒めつつ来た道を戻った私は、目の前の光景に唖然《あぜん》として足を止めた。

隣のイアンもあんぐり口をあけて固まっている。

私たちの視線の先――公園のベンチに、人だかりができていた。

「アシュレイが女のひとに囲まれてるよ！　ビッキー、どうしよう？」

「どうしましょうねぇ……」

数分しか経っていないのにこんな状況になるとは。

さて、どうしたものか……。

ここでもしアシュレイが騎士服を着ていれば、「仕事中なので」と言って断れるだろうが、残念ながら今日は私服。しかも髪型を変えたことで、美形が超絶美形にランクアップしているのだ。

そりゃ人目を引くのも頷けるわ。

ちなみにアシュレイの髪型は、私と理容師の話し合いの結果、長さは変えず全体的に梳《す》いて軽くすることにした。

毛量が多めでもっさりした髪型から、ふんわりウェーブがかった流行へアスタイルに。

近寄りがたい硬派な美形が爽やかな好青年風になったことで、さらに魅力が爆上がりしてしまったらしい。

前世で培ったプロデュース力を発揮しすぎたわ……。

アシュレイも爵位を得て貴族になったのだから、身分にふさわしい髪型にと思ったのだけれど、少しやり過ぎちゃった。

……以前の野暮ったくて近寄りがたい外見が、ちょうど良い虫除けになっていたのね。

私がそんなことを考えている間にも、アシュレイを取り囲む女性がどんどん増えていき、その光景はまるで甘い蜜に群がる蟻の大群のよう。

もっとも、その『甘い蜜《アシュレイ》』はひどくしょっぱい態度を取っているのだが。

「あの、私たち、これからそこのカフェに行くんですけど、ぜひご一緒していただけませんか？」

「結構です」

「わぁ、すごい！　騎士のアシュレイ・クラーク様ですよね？　隣に座っても良いですか？」

「ちょっと、貴方だけずるいわよ！　わたしも座ってもよろしいかしら？」

「家族のために空けている場所なので、ご遠慮ください」

「救国の英雄に会えるなんて光栄ですわ！　戦争のお話、わたし興味あるんです。武勇伝とか、聞かせてくださ い～！」

「国家機密です」

「ええ〜、いいじゃないですか〜！」

無神経な質問と口説き文句の数々に、うんざりした様子のアシュレイは「この後、予定があるので、失礼します」と言って立ち上がり歩き出した。だがしつこい女性陣は諦めず「どんなご予定ですか〜」などと言って、なおもつきまとっている。

なんとかして救出しなければと思った私は、イアンの手を引いて駆け寄った。

「おまたせしました」

そう言って近づく私を、無数の双眸《そうぼう》が一斉に射貫く。

しばらくすると、「えっ、本当に家族いたの」「嘘でしょ……残念」などとヒソヒソ囁きながら、女性たちは渋々といった様子で立ち去っていった。

ほっと胸をなで下ろした私たちは、イアンを真ん中にして並んでベンチに腰かける。

「エヘン！　これ全部、僕が買ったんだよ！」

偉いなと頭を撫で回されたイアンはニコニコと笑顔を浮かべ、ご満悦だ。

一方の私は、遠巻きにこちらを見つめる女性たちの視線が気になって仕方がない。

アシュレイもそれに気付いたのか、私たちは顔を見合わせて苦笑した。

「アレ、絶対私のことを恋人か奥様だと勘違いしていますよね……。噂になったらすみません」

「いいえ、こちらこそ巻き込んでしまって申し訳ない」

はぁ、とため息をつくアシュレイに同情してしまう。

モテすぎて苦労するなんて羨ましい話だが、本人にしてみればたまったものではないだろう。

「人気者は大変ですね」

「見てくれだけで、俺に過度な幻想を抱きすぎなんですよ。まったく……この顔はつくづく呪いだな」

どういう意味だろうと、思わずアシュレイをまじまじと見つめてしまう。彼は珍しく「しまった」という顔をして、「自分の顔が好きじゃなくて」と呟いた。

「実は、俺は父親にまったく似ていないんです。そのせいで父は母の不貞を疑い、物心つく頃にはふたりの仲は冷め切っていました」

アシュレイの実家はそこそこ大きな商家で、庶民にしては裕福な暮らしぶりだったらしい。

衣食住すべてにおいて恵まれた環境で育ったが、子供が本来与えられるはずの愛情を知らず、心はずっと空虚だったという。

「やがて両親は泥沼離婚。どちらもすぐに新しいパートナーができたので、ふたりとも俺を引き取りたくないと言い張りました。そこで俺は……その……グレまして」

目の前の麗しい青年と「グレる」という言葉が結びつかず、私は真剣な話の途中にもかかわらず「え？」と目を丸くしてしまった。

呆然《ぼうぜん》とする私に、アシュレイが慌てた様子で「グレたといっても、犯罪行為はしていませんよ。ただ、少々……やんちゃというか。喧嘩に明け暮れたくらいで」と付け加える。

その補足説明に私はますます「えぇっ!?　明け暮れたんですか……!」と驚いた。

物腰柔らかで上品な彼からは想像もつかない。

「人は見かけによらないのね……」と思わず口にしてしまい、アシュレイが「忘れ去りたい黒歴史です」と恥ずかしそうに言った。

「そんな自暴自棄になっていた俺を騎士団に入れて面倒をみてくれたのが、幼馴染みのフレッド――イアンの父親でした」

イアンの父親のフレッドは、アシュレイより年上の幼馴染みで兄貴分。血こそ繋《つな》がっていないが、家族のような存在だったという。

「こんな経緯があるので、孤児院に行くことになったイアンを、どうしても放っておけませんでした。フレッドが俺を救ってくれたように、今度は自分が、彼の忘れ形見を守りたいと思ったんです」

視線の先では、先にジュースを飲み終わって立ち上がったイアンが「うわぁ」と言いながら噴水を眺めていた。

吹き上がる水滴が太陽に照らされ、小さな虹がかかってきらめいている。

それを指さして「みてみて、虹だよっ！　きれいだねぇ」とイアンが興奮気味に飛び跳ねた。

「イアン様、あんまり噴水に近づき過ぎないでくださいね！」

「わかってる〜！」

深刻な話の後だからこそ、無邪気にはしゃぐイアンの姿に、いつも以上に心が和む。

「俺、先生にはとても感謝しているんです」

「えっ、私ですか？」

唐突に感謝されて驚き、ひっくり返った声をあげる私に、アシュレイが深く頷いた。

「身だしなみに行儀作法。今日の買い物も、俺では気付けなかった事ばかりです。それに先生が来てから、イアンが毎日笑顔だ。ありがとう、ビクトリア先生」

「イアン様が笑顔なのは、アシュレイ様という素敵な家族がいるからですよ」

「素敵な、家族か……」

アシュレイが嬉しそうに微笑んだ。

「正直、自分自身、家族というものがイマイチ分からなくて。イアンにどう接して良いものか、愛情が伝わっているか不安でした。だから、そう言ってもらえるとホッとします」

戻ってきたイアンに「アシュレイ様のことが好きって、私に教えてくれましたよね？」と問いかけてみる。

するとと、イアンは吸い込まれそうなほど綺麗な目でアシュレイを見つめ、ぱぁっとまばゆい笑顔を向けた。

「うん！　だい、だい、だーいすき！」

その一言で、アシュレイは感極まったようにイアンを思いっきり抱きしめた。

「ありがとう……」と喜びを噛みしめるように呟く。

血の繋がらないふたりの感動的な抱擁シーン……なのだが、現役騎士の愛情と腕力のこもった全力ハグに、イアンが「ぐえぇっ、くるしい……」とうめいた。

「アシュレイ様⁉　力こめすぎです！　落ち着いて！」

「え？　あっ、すまない！　大丈夫か、イアン」

「うぷ。ジュース、口から出そう」

「なんですって⁉」「なんだって⁉」

私とアシュレイが同時に声をあげる。

大人ふたりが慌てる横で、うつむいていたイアンが「うそだよーん。ドキッとした？」と顔をあげた。イタズラが成功して嬉しいのか、にっこにこだ。

私はほっと胸を撫で下ろし、アシュレイが「なんて、人騒がせな」と額に手を当てる。

その時、ぽたりと頬に雫が落ちてきて、私たちは揃って空を見上げた。先ほどまで晴れていたのに、今や大きな雲がかかり、ぽつりぽつりと小雨が降り注ぐ。

「まずい。ふたりとも、そこの魔道具店まで走れるか？」

「はいっ！」「はあいっ！」

イアンと手を繋いだ私と、荷物を担いだアシュレイ。私たちは、賑やかに笑いながら目的の店まで走りだした。

　駆け込んだ魔道具店は、オシャレな内装のお店だった。魔道具が並ぶ陳列棚の横には、雑貨やアクセサリーコーナーが併設されている。

「いらっしゃいませ！　クラーク様。ご注文の商品が入荷していますよ」

　店主が親しげに声をかけてくるところを見ると、アシュレイはここの常連客のようだ。

　彼が店主と話している間、私とイアンは店内を見て回ることにした。

「イアン様、魔道具には触れないでくださいね」

「ラジャー！　僕、さわらないよ」

「良い子ですね」

「えへへ」

　走り出さないようしっかり手を繋ぎ、店内を眺めて回る。

（へぇ、声を吹き込める録音魔道具という物もあるんだ。前世でいうところのボイスレコーダーみたいな感じかしら）

　ひとくちに録音魔道具といっても、さまざまなタイプがあるようで、棚には小箱型にペン型、ぬいぐるみ型など、録音機能を搭載した魔道具がずらりと並んでいる。

　試しに「お値打ち価格」の札が貼ってある録音魔道具に手を伸ばし、値札を見た瞬間、私はすぐさまそれを丁寧に棚に戻した。

高い、高すぎる。

万が一、壊したら……私の給料があっという間に吹っ飛ぶ。

「イアン様、向こうを見に行きましょうか」

「うん？」

怖くなった私は魔道具コーナーから出て、イアンは雑貨、私はアクセサリーコーナーを見て回ることにした。

ふと目についたブローチの前で立ち止まる。真鍮《しんちゅう》の台座に青い宝石がはめ込まれた美しい逸品。少々お高めだが、買えない値段じゃない。けれど、買っても付けていく場所がないのよね。

しばらく考えたあと、今の私には不要だと自分に言い聞かせ諦めた。

振り向くと、用事を終えたアシュレイがイアンと一緒にこちらへ向かって歩いてくる。

「先生、お待たせしました。雨も上がったようなので帰りましょうか」

「ええ、そうですね」

「僕、お腹がすいちゃったー」

店を出て馬車に乗り込むと、イアンはアシュレイにもたれかかって眠ってしまった。

たくさん歩いて疲れたのだろう、爆睡している。

寝息を立てるイアンを優しい眼差しで見つめるアシュレイ。寄り添う姿は、紛れもなく家族の光景だった。

ふたりと一緒にいると楽しい反面、時折、自分はひとりぼっちなのだと気付き、寂寥感《せきりょうかん》に襲われる。

みずから家族を捨てたのに、今更ホームシックになるなんて。

私は窓の外に広がる夕焼け空を眺めながら、密かに小さくため息をついた。

（私も、心から安らげる居場所が欲しいな。……なんて、感傷的になるのは柄じゃないわよね）

「ビクトリア先生、大丈夫ですか？」

声をかけられて顔をあげると、気遣わしげなアシュレイと目が合う。

「えっ、なにがでしょう？」

「表情が暗いように見えたので」

「いいえ、そんなことありませんよ！　大丈夫です！」

なおも心配そうなアシュレイを安心させるため、私は努めて明るい笑顔を取りつくろった。


その日の夜、イアンが寝たあと、私は勉強部屋で教材の整理をしていた。

勤務時間はとっくに過ぎており、本来なら自由時間なのだが、特にやることもないため予習しようとテキストをパラパラとめくる。

仕事に没頭することで、胸にわだかまる寂しさから目を背けようとしていた。

ふいに扉がコンコンとノックされ、続いて外から「アシュレイです」という声が聞こえてくる。

「こんな時間にどうしたんだろう？」と思いつつ、私は椅子から立ち上がった。

勉強部屋に入ってきたアシュレイは、机の上に広げられた参考書をめざとく見つけると「ドアの隙間から灯りが見えたもので。仕事をしていたのですか？」と尋ねてきた。

「特にやることもないので、今日購入した教材に目を通しておこうかなと思って」

「プライベートの時間は、しっかり休まないと……」

彼はそう言って数秒考え込んだあと、唐突に「ビクトリア先生、お酒は好きですか？」と質問してきた。

「え？　ええ。たしなむ程度ですけど、好きですよ」

「それは良かった。実は、上司から良い酒をもらったんです。確か銘柄は——」

貴族でもなかなか入手できない高級銘柄に、私は「まぁ、なんですって！」と思わず声をあげてしまい、慌てて澄まし顔で咳《せき》払いした。

アシュレイにはたしなむ程度と言ったが、実のところお酒は大好きだ。二十歳の誕生日パーティでその美味しさの虜《とりこ》になって以来、たまに自分へのご褒美で買うこともあるくらい。

でもきっと男性の前では「お酒なんて、はしたない。わたくし飲めませんわ〜」とかわいい子ぶるのが元貴族令嬢としては正解よね？

あれこれ悩んでいると、アシュレイが「今は酒を飲む気分じゃないですか？」と控えめに尋ねてきた。

まずい。この雰囲気だと「やっぱり酒盛りの話はなしで」ということになりかねない。

めったにお目にかかれない高級酒を前に、私はかぶろうとした猫を一瞬で投げ捨てていた。

「いえいえ！　その高級酒、ぜひ飲んでみたいですわ‼」

「……さては先生かなりお酒、好きですね？」

「ほほほ、たしなむ程度ですわ」

「この珍しい銘柄を知っているということは」

「あら、嫌ですわ。本当に、た・し・な・む・程度ですわ！」

圧強めに言い切ると、アシュレイはこらえきれないといった様子で声を上げて笑った。

「しーっ、アシュレイ様、笑いすぎです！　静かにしないと、イアン様が起きちゃいますよ」

「あっ、それは困る。それでは、俺は貯蔵庫《セラー》から酒を持ってくるので、つまみの調達をお願いします。リビング集合で」

「了解です！」

その夜、アシュレイと一緒に飲んだお酒は人生で一番おいしかった。とろりとした高級酒は飲みやすく、鼻から抜ける芳醇な香りが最高。気付けば半分近く私がさらりと飲み干してしまっていた。

目の前ではアシュレイが、嬉々としてお酒を飲み進める私をにこやかに眺めている。グラスを傾けながら「俺よりお酒、強いじゃないですか」と言う彼は、どうやら酔うと笑い上戸になるタイプらしい。

ほろ酔い気分の私たちは、ふわふわとした和やかな雰囲気に包まれて、いつもより砕けた口調でさまざまなことを話した。

他愛ない日常の出来事から仕事の話、イアンのかわいい仕草や言動。それぞれの忘れ去りたい過去の失敗談まで。互いに家族との確執を抱える私たちは、境遇が似ているせいかすぐに打ち解け、酒盛りが終わる頃には友人のように意気投合していた。

こうして私のお酒好きが発覚してからというもの、アシュレイはたびたび珍しいお酒を手に入れてきてくれるようになり——。

試飲会と称する晩酌は定期的に行われ、無趣味な私のひとつの楽しみになっていった。

四章　貴方は私たちの英雄《ヒーロー》です！

いつものように二階の学習部屋でイアンの勉強を見ていると、階下から言い争うような声が聞こえてきた。

「なんか、うるさいね？」

問題を解いていたイアンが、不思議そうに顔をあげる。

「ですね。ちょっと様子を見てくるので、イアン様はここにいてください。すぐに戻ってきますね」と言って、私は部屋を出た。

声を頼りに一階へ行くと、玄関ホールにはふたりのお客様が立っていた。

ひとりは、片手に杖を持った四十代くらいの貴族風紳士。

もうひとりは、豪奢なドレスに羽帽子をかぶった、こちらも四十代くらいの派手な女性だ。

「アシュレイ様から、おふたりをお通ししないよう厳命されております。どうぞお引き取りください」

「わたくしたちは、アシュレイの親よ！　息子の家に入ることの、なにがいけないのよ！　もう埒《らち》があかない、どきなさい」

使用人たちを押しのけ、アシュレイの両親が強引に屋敷へ入ってくる。

止めようとした執事の手を、夫人が扇子《せんす》でぴしゃりと叩き落した。

「わたくし、今は伯爵夫人ですのよ。傷つけようものなら、平民のお前ごときの首、一瞬にして跳ね飛ばしてやりますからね」

貴族夫人に脅されては、執事も引き下がる他ない。ずかずかと屋敷に上がり込むふたりを眺めるしかなかった。

夫人は私と目があった瞬間、キッと鋭い眼光で睨み付けてきた。

「そこの娘、お茶はお前が持ってきなさい。さて、居間はこちらかしら？」

急に命令されドキリと心臓が跳ねる。戸惑う私に構わずふたりはリビングへ消えていき、執事が申し訳なさそうに近づいてくる。

「巻き込んでしまって、すまないね。聞いてのとおり、彼らはアシュレイ様のご両親だ。以前、金の無心に来たのをアシュレイ様が追い払ってからは、なんの音沙汰もなかったのだが……」

出世した息子に取り入ろうとやってきたということか。

「私は至急、アシュレイ様に連絡を取る。すまないが、先生はお茶を運んでくれるかな」

「はい、お任せください」

「頼んだよ。彼らは激情家だから口答えはしないように」

一刻も早く伝令を飛ばすべく、執事は足早に去っていく。

厨房で紅茶を受け取った私は、侍女にイアンのことを頼んでから居間へ向かった。

入室すると、さっそく夫人が値踏みするような視線を向けてくる。

「そこに座りなさい」と夫人に命じられ、私は大人しく従った。

両者とも高そうな服と装飾品を身につけているが、有名ブランドの新作ドレスを着ている夫人に対し、クラーク卿の服はかなり昔のデザインで、革靴は所々汚れており、時計にも細かな傷が見て取れる。

どうやら父親の方は金銭的にも精神的にも、身なりに気を配る余裕がないようだ。

紅茶に口を付けた夫人は「ふぅん、悪くない茶葉ね」と偉そうに言うと、カップを置いて私を見た。

「やはりメイドではなさそうだけど。単刀直入に聞くわ。貴女、何者？　アシュレイとはどういう関係？」

「申し遅れました。私は、住み込みで家庭教師をしております、ビクトリアと申します」

「そう……家庭教師。やはり、孤児を引き取ったという噂は本当だったのね。あの子の物好きも困ったものだわ」

夫人が、はぁとため息をつく。

「貴女……えっと、ビクなんとかさん」

「ビクトリアです」

「あぁ、そうそう。ビクトリアさん、家庭教師はもう結構よ。荷物をまとめておきなさい。新しい勤め先は見つけてあげるから、その点は心配しなくていいわ」

一方的に突きつけられた解雇通告に私は眉をひそめる。

「結構とは、どういうことでしょうか」

「子供は孤児院に戻します。だから家庭教師はもういらないのよ」

（イアンを孤児院へ戻すですって？）

あまりにも身勝手で一方的な言い草に、私は絶句した。

なおも夫人は甲高い声でしゃべり続けている。

「アシュレイには、あちこちから良い縁談が来ているのに子連れじゃあねぇ。色々と不都合があるわけよ。貴女も女なら分かるでしょ。子持ち男なんて面倒以外の何者でもないわ」

「縁談だって？」

夫人の話に口を挟んだのは、私ではなくアシュレイの父親クラーク卿だった。

「勝手なことを言うな。アシュレイは我がクラーク家の長男だ。将来はうちの事業を継いでもらう」

「なに言っているの？　勝手なのは貴方の方でしょう！　私の不貞を疑ってアシュレイを息子だと認めなかったくせに。あの子が裕福になった途端、借金を肩代わりさせるために家督を譲るわけ？　ハッ、図々しいったらないわ」

「図々しいのは、お前も同じだろう？　フン、俺は知っているぞ。お前、うまいこと伯爵の後添えになったが、子宝に恵まれなかったそうじゃないか」

クラーク卿が腕組みをして、夫人を小馬鹿にするように鼻を鳴らす。

「先妻の息子が後を継いだら、伯爵家で大きな顔ができなくなるよなぁ？　だから、どこかの貴族令嬢とアシュレイを結婚させて、息子夫婦の家に転がり込むつもりだろう」

「それ、は……」

「自分の欲のために捨てた息子を利用しようとするとは、とんだ母親だな」

「うるさいわよ！　貴方みたいな最低な父親にだけは言われたくないわ！」

両者一歩も譲らず、罵り合戦をくり広げる。

「ビフ、トリエさん？……でしたっけ？　わたくしたちのどちらが悪いと思いますこと⁉」

と聞かれたが、私から見ればどちらも同レベル。

あと、いい加減、名前覚えてくれないかしら……。

目の前で繰り広げられる醜い争いに内心呆《あき》れていると、夫人がヒステリックにわめいて立ち上がった。

「もう、うんざりよ！　貴方と話していても埒があかないわ。そこの……あぁ……バクテリアさん？　アシュレイが引きとった子供のところへ案内しなさい」

バクテリアって……私は細菌じゃありませんわ、というツッコミが頭の片隅をよぎったが、さすがに口にできる雰囲気じゃなかった。

（この人たち、まさか力尽くでイアンを孤児院へ連れていくつもり……？　なんて身勝手なのかしら。アシュレイ様が帰ってくるまでイアン様を守り抜かなきゃ）

私は立ち上がると、部屋から出ていこうとするふたりの前に立ち塞がった。

「イアン様に会って、なにをなさるおつもりですか」

「貴女には関係のないことよ。いいから、早くして」

「できません。私はアシュレイ様からイアン様を守るよう仰せつかっております。ご用件を伺うことなく、案内するわけには参りません」

夫人が器用に片眉を跳ね上げ、神経質そうな目を細める。アシュレイの母親なだけあって、彼女はすこぶる美人だった。

美形の迫力とすさまじい目力にたじろぎそうになるのを、ぐっとこらえる。

「その孤児が器量良しなら、知り合いの屋敷へ奉公に出させてあげようと思ったのよ。アシュレイだって、男手ひとりで子育ては大変でしょう？　息子を楽にしてあげたいという親心よ」

自分の野心のため、イアンを無理やり排除しようとするのが親心？　アシュレイとイアンが、どれほど互いを大切に想っているのか知りもしないで、勝手なことを。

腹の底からわき上がるマグマのような怒りを勇気に変えて、私は「お通しする訳にはいきません」と告げた。

クラーク卿が眉間にしわを寄せ、夫人がイライラした様子で目をつり上げる。

「もうすぐアシュレイ様がご帰宅なさいます。それまで、この部屋でお待ちください」

「わたくしは、そこを退けと言ったのよ。家庭教師の分際で口答えするなんて、まったくなんて躾《しつけ》のなっていない女なの」

「私の雇い主はアシュレイ様です。あの方以外の命令には従いません」

毅然と言い放つと、夫人が顔色を変えた。ギリッと奥歯を噛みしめ、手にした扇を閉じて大きく振りかぶる。ヒュンと鋭い風切り音とともに、勢いよく扇が振り下ろされた。

叩かれると思い、とっさに目を閉じて身を竦《すく》めた直後、パシンッという乾いた音が部屋中に響き渡った——。

衝撃に備えていたが、いつまで経っても痛みは訪れず、「あれ……？」と思い顔を上げると、隣にはいつの間にかアシュレイが立っていた。

彼の右手には、夫人の持っていた扇が握りしめられている。

「先生、お怪我はありませんか」

アシュレイが横目でこちらを見ながら問いかけてくる。

「はい、大丈夫です」と答えると、安心したように頷き、すぐさま両親へ視線を戻した。

「二度と俺に関わらないでくださいと、以前申し上げたはずです」

唸るような低い声だった。彼の全身から剥《む》き出しの敵意がほとばしる。

隣に立つ私でさえ本能的に「ひぃ、怖い……」と思うのだから、睨まれているクラーク卿と夫人は、さぞ恐怖を感じていることだろう。ふたりとも青ざめた顔をしている。

だが気の強い夫人は、アシュレイの威圧に屈することなく言い返した。

「親に向かって『会いに来るな』とは、なんてひどい息子なの」

「ひどい？　よくもまぁ、言えたものですね」

ほの暗い瞳をしたアシュレイが、片方の口の端を吊《つ》り上げる。爽やかで温厚な彼らしくない酷薄な笑みだった。

「俺に『息子だなんて思ったことはない』と言ったのをお忘れですか？」

息子の問いにクラーク卿は無言で視線をそらし、夫人は「忘れたわ」と悪びれもせずに言ってのけた。

夫人が傲慢に吐き捨てたその時、アシュレイの手元で扇がミシミシと軋《きし》み、バキリと派手な音を立てて真っ二つに折れた。無残な姿になった扇の残骸が床に落ちる。

夫人が「ひぃっ」と叫び、クラーク卿がへなへなとその場に座り込んだ。

「家を出て騎士団に入団したときから、俺たちは赤の他人です。――連れていけ」

アシュレイが命じると、影のように控えていた騎士たちが一斉に動き出し、瞬く間にクラーク卿と夫人を取り押さえた。

「なにをするの！　汚い手で触らないで頂戴！　アシュレイ、これはどういうつもり⁉」

「他人の屋敷に押し入り好き勝手した暴挙、誰であろうと許されることではありません。弁明したければ詰め所でどうぞ」

「このッ、親不孝者――！」

騎士に拘束されながら、夫人が恐ろしい形相で叫んだ。

「なにが『救国の英雄』よ。私はお前のせいで不幸になったのよ、役立たずの疫病神！　産んだのが間違いだったわ！」

あまりにも残酷な母親の言葉を、アシュレイは表情ひとつ変えずに聞いていた。両親を見つめる目は冷ややかで、なんの感情も窺えない。

その後、クラーク卿と夫人は揃って馬車に乗せられ、詰め所へと連行されていった。

アシュレイは「迷惑をかけて申し訳ありません。イアンを守ってくれてありがとう」と私に丁寧に礼を述べてから、事後処理のため仕事に戻った。

それきり帰宅時間を過ぎても戻ってこない。

私はイアンと夕食を取り、寝たのを見届けたあとリビングで彼の帰りを待っていた。

執事によると「仕事が立て込んでいる時などは、お帰りが日付をまたぐことも多々あります。大丈夫ですよ」ということなので、心配はいらないと思うけれど。

昼間にあんな事があったばかりだもの、どうしても気になる……。

静かな空間に、カチカチと時計の音が鳴り響き、気付けば時刻は真夜中。丸い月が夜空にくっきり浮かんでいる。

リビングのソファでうとうとしていると、外から馬の足音が聞こえてきた。

（アシュレイ様が帰ってきたんだわ！）

走って玄関ホールに向かうと、ちょうど扉が開いてアシュレイが入ってきた。ひどく疲れ切った様子の彼は、私の姿を視界に捉えた瞬間、驚いた様子で目を丸くした。見たことのないくらい無防備な表情だった。

外では騎士団隊長として、家では男爵家当主でありイアンの父親代わりとして常に気を張っているアシュレイ。だけど、思い返せば彼はまだ二十二歳の青年。

若くして重圧を背負う彼の役に立ちたいと、私は強く思った。

「おかえりなさい、アシュレイ様」

精一杯の優しさを込めて声をかけると、アシュレイはほっと肩の力を抜き、穏やかにほほ笑んだ。

「ただいま戻りました」

「遅くまでお仕事、お疲れさまです」

私はアシュレイが外套《がいとう》を脱ぐのを手伝い、手早くコートラックにかける。彼は私の行動に戸惑っているようだった。

そりゃそうよね。新妻がするように甲斐甲斐《かいがい》しくお世話されたら誰だって驚くわよね。でも私はあえて気付かぬふりをした。

今日だけは、アシュレイになにかしてあげたくて、たまらなかったから。

「もしかして、帰りを待っていてくれたんですか？」

「えっ？　あぁ、いいえ。ちょうど通りかかっただけですわ。アシュレイ様、夕飯ちゃんと食べました？　お腹、空いていません？」

「待っていました」と正直に言ったら押しつけがましいかなと思い、私はとっさに嘘をついてごまかした。

「飯はいらないですが、少し飲みたい気分です」

「分かりました！　準備しておきますから、アシュレイ様は着替えてきてください。いつもどおり――」

「リビング集合で！」と、息の合ったタイミングでふたりの言葉が重なり、私たちは顔を見合わせて「気が合いますね」と笑い合う。

それぞれ支度を済ませてリビングに集合し、カチンとグラスを合せて乾杯した。強い酒を飲んで眠りたいというアシュレイの要望で、今日はいつもより度数がきつい。

私は「くぅっ、効くわぁ」と思いながらクイッと飲み、アシュレイはゴホゴホと咳き込む。

「こほっ、こほ。きっついですね、この酒。え、先生、どうしてそんな涼しい顔で飲めるんですか」

「お酒は『そこそこ』強い方なので」

澄まし顔でそう言う私に、アシュレイが「これが、そこそこの強さですか？」と意地悪な口調で茶化してくる。

「ええ、そこそこです」

「そういうことにしておきましょう」

アシュレイはにっこり笑うと、再びグラスに口をつけた。

帰ってきた時はひどく疲れた様子だったのに、今は努めて明るく振る舞っている。

（あぁ、やっぱり。この人は私とよく似ている）

悲しみや孤独をひとりで抱え込む性格、上手に弱音を吐けない不器用さ。

まるで鏡に映った自分自身を見ているみたい。今の彼に「大丈夫？」と尋ねても、「はい、大丈夫ですよ」と返されるに決まっている。

（う～ん、なんて声をかけてあげれば良いのかしら）

名案が思い浮かばず、グイッと酒をあおる。気付けば三杯目に突入していた。

「先生。今日、飲むペース早くないですか？」

「そうですか？　いつもと一緒ですよ」とごまかしたが、かなりのハイペースである。

しばらく向かい合って静かにお酒を飲んでいると、ふいにアシュレイが「昼間の件ですが……」と口を開いた。

「あのふたりについては厳しく対処したので、二度とこの屋敷に立ち入ることはありません」

騎士団での厳しい取り調べと捜査によって、アシュレイの両親がそれぞれ犯罪行為に手を染めていた疑いが浮上した。

クラーク卿は事業継続のため裏組織と通じ、金銭を稼いでいた疑惑。夫人は、前妻の子が伯爵家を継ぐことが許せず、違法な妨害工作を行った疑いがあるという。

「まさか自分の親が騎士団で取り調べを受けることになるとは、人生なにがあるか分かりませんね……」と、アシュレイは自嘲気味に呟いた。

「犯罪に手を染めた挙げ句、イアンを連れ去ろうとしたり先生に暴力を振るおうとしたりするなんて。まったく、とんでもない人たちですよ」

確かにアシュレイの言うとおりだけれど、私が一緒になって彼の両親の悪口を言うのはお門違いだから、あえて口を噤《つぐ》む。

こういう時、なんて声をかけて慰めれば良いのだろう。今日に限って良い言葉が浮かんでこないなんて。あぁ……もどかしい！

三杯目のグラスが空になった頃、私は心を決めた。

グズグズ悩むのは自分らしくない。想いは言葉にしないと伝わらないわよね。アシュレイを癒したい、慰めたいという気持ちを素直に伝えてみよう——。

「では、お次は、わたくしのターンですわね」

「ターン？　え、どうしたんですか急に。というか、なんだか目が据わっている気がするんですが……」

「私、アシュレイ様には、とても感謝しているんです」

唐突な感謝の言葉に、アシュレイがパチパチと目を瞬く。

「戦勝記念パーティの時、階段から落ちそうになった私を助けてくれたでしょう？　あの時、あの場にアシュレイ様がいなければ、私は確実に死んでいました」

「先生を助けることができて良かったです」

お酒のせいか照れのせいか、アシュレイの頬がじんわり色づいている。

その顔を見ていると私もなんだか照れくさくて、火照る頬を手であおぎ、四杯目を注ぎながら話し続けた。

「アシュレイ様がいなければ、私はこんな風に幸せな日々を送ることはできませんでした」

「あの、褒めていただけるのは嬉しいんですが、ちょっと恥ずかしいのでこの辺で……」

「まだです。まだ全然言い足りません！　今日はアシュレイ様を、とことん褒めて、褒めちぎると決めているんです。覚悟してくださいね！」

「はは、覚悟してと言われましても。先生、もう完全に酔っ払っているでしょう。今夜は、そろそろお開きにしますよ」

そう言って、アシュレイがテーブルの上にある酒瓶とグラスを片付け始めてしまう。

「あぁっ、待ってください！　まだ言いたいことがあるんです！」

「うん？　なんですか」

顔をあげたアシュレイの目をまっすぐ見て、私は真摯に告げた。

「アシュレイ様がいたから、戦争も長引かず、この国の人々は平和に暮らせています。私も命を救っていただきました。イアン様だって、貴方がいるから安心してワンパク怪獣になれる」

アシュレイは息をするのも忘れた様子で、ジッと私の話を聞いていた。

「誰がなんと言おうと、貴方は私たちの英雄《ヒーロー》です！」

アシュレイの心のわだかまりを少しでも拭い去りたい——その一心で私は懸命に言葉を探して、想いを伝えた。

直後、しんと沈黙が流れる。

まるで時が止まったかのように、アシュレイは瞬きもせず私の顔を見つめていた。

しばらくしても動かないので、彼の肩をトントンと叩き「あのー、アシュレイ様？　大丈夫ですか？」と声をかけてみる。

アシュレイは夢から覚めたようにハッと我に返った。

「まいったな、ほんと」

再び時間が動き出したようにアシュレイは、開口一番そう言った。

呆れとはちょっと違う、色んな感情を噛みしめるような、しみじみとした声音だった。

そんな彼の姿に、さーっと酔いが醒《さ》めていく。ついでに血の気も引いていく。

（押しつけがましかった……？　家庭教師のくせに、馴れ馴れしい奴だと思われたかしら。もしかして、クビとか……）

最悪のビジョンが脳裏にちらついて、私はヒェッと身震いした。

「ビクトリア先生」

「はっ、はい！」

「明日は……いや、日付が変わったから、もう今日か。イアンの初登校日なので、片付けて寝ましょうか」

「えっ、ええ！　そうですね！　そうしましょう」

アシュレイはいつも通りの穏やかな表情をしており、私の発言を不快に思っている訳ではないようだ。

私はほっと安堵して、テキパキとテーブルの上を片付けた。

「今日は、遅くまで起きて待っていてくれてありがとう」

「あっ、やっぱり。待っていたのばれていましたか」

肯定のかわりに、アシュレイはいつも以上に優しい面持ちでほほ笑んだ。

「それでは、おやすみなさいませ」

「おやすみなさい、ビクトリアさん」

そう告げるアシュレイの声は、真夜中の秘め事を囁くような、どこか艶めいた響きを伴っていた。

数分前と同じ人なのに、彼がまるで知らない男性のようで、心臓がドクンと跳ねた。そそくさと部屋に入り、高鳴る胸を押さえる。

「い、今の、なんだったんだろう……」

忙しない鼓動がようやく落ち着いた頃、私はベッドに横たわった。

◇◇◇

一方、ビクトリアが部屋に入ったのを見届けたアシュレイは、片手で額を押さえてふぅとため息をついた。頬がじんわり熱を持っているのは、酔いのせいだけではないだろう。

──『誰がなんと言おうと、貴方は私たちの英雄《ヒーロー》です！』

まぶたの裏には、一生懸命に自分を励まそうとしてくれる健気な姿が、耳には真摯な言葉が繰り返し流れている。

戦勝記念パーティではじめて見たとき、まっすぐな性格の女性だと思った。

周囲から向けられる好奇の視線にも負けず、堂々とオスカーの前で謝辞を述べる姿。悔しさや腹立たしさをこらえ、エリザ令嬢にも謙虚に言葉をかける横顔は凛として眩しかった。

こういう女性もいるのかと感心したのを今でも覚えている。

気性の荒い母親を持ったせいで、アシュレイは物心ついた頃から女性が苦手だった。気の強い女性や、庶民や使用人を見下しがちな高位貴族令嬢は特に。

元侯爵令嬢で、どう見てもおっとりしたタイプには見えないビクトリアを当初は警戒していたが、彼女は良い意味でアシュレイの予想を裏切る女性だった。

働かないことを美徳とする貴族令嬢とは思えないほど勤勉で、使用人らにも丁寧に接する姿勢には好感が持てる。

生真面目で堅物かと思いきや、意外にそうでもなく。プライベートでは明るく奔放で、一緒にいると自然と笑顔になってしまう。

ダンスレッスンではイアンと一緒になって子供のようにはしゃいだり、そうかと思えば、今夜のように親身になって寄り添ってくれたり。今まで出会ったことのないタイプのビクトリアに、物珍しさを覚えていただけだったのに……気付いたら目で追っていて、彼女の言葉や表情に心動かされている自分がいた。

そして今日、両親の一件で落ち込んでいる自分を気遣い、慰めようとしてくれる彼女のひたむきさに、抑えこんでいた気持ちが溢《あふ》れた。

愛しさを自覚してしまった以上、もはや自分の心に嘘をつき続けることはできない。

「はぁ、本当に参ったな」

アシュレイは、口元にゆるやかな笑みを浮かべた。

「……俺は彼女に、すっかり心を奪われてしまったようだ」

◇◇◇

翌朝、食事の席についた私は「よかった」と内心胸を撫で下ろした。

昨夜は疲れきった表情をしていたアシュレイだが、お酒を飲んでストレス発散できたのか、今朝はいつもどおり、いや、いつも以上にご機嫌な様子。そんな彼と、ぱちりと目が合った。

瞬間、アシュレイがふんわり口元に笑みを浮かべる。

こちらに向けられる眼差しはとても優しく、どことなく……甘い気がする。

気恥ずかしくなった私は、うつむいてパンにバターを塗った。

（いやいやいや、これは別に惚れた腫れたの話じゃなくて……！　美形にほほ笑まれたら誰だってドキッとしちゃうでしょう）

『仕事に私情は持ち込まない。恋だの愛だのにうつつを抜かさない』

頭の中で呪文を唱えていると、ダイニングルームの扉が開き「おっはよ～う！」と元気いっぱいのイアンが駆け込んできた。新品の制服をまとい、その場でくるりと回って「ふふん！」と胸を張る。

「どう、どう？　カッコいいでしょ！」

無邪気な仕草と相まって、どちらかといえば愛らしい印象を受けるのだが、私とアシュレイはそろって「カッコいい！」と手を叩いて褒め称えた。

「でしょ、でしょ！」とイアンが満面の笑みでテーブルにつく。

そう、今日は待ちに待った入学式。アシュレイは騎士団に行く道すがら、イアンを学校まで送っていくという。

玄関に立ったふたりに、私は「いってらっしゃい」と明るく声をかけた。

「いってきます！」

わずかに口角を上げたアシュレイと、ビシッと敬礼したイアンが屋敷を出ていく。

出会った頃はワンパク怪獣だった少年が、真新しい制服を着て学校へ向かう姿は感慨深く、胸が熱くなった。


数時間後、玄関から「ただいまー！」というイアンの声が聞こえてきた。

今日は初日ということもあり、授業がないので午前で帰宅する予定だったのだ。

「おかえりなさい、イアン様。学校はどうでした？」

「楽しかった。キャシーと同じクラスになったよ！　うれしい！」

興奮しながらしゃべるイアンの話を聞きながら、私はほっとした。

どうやら貴族の令息令嬢に虐められることなく、好調な学園生活をスタートできたみたい。

カバンの中にはたくさんのプリントが入っていて、取り出しながら内容を確認する。時間割や校内での注意事項が記載された冊子、今後必要となる物の一覧表もあった。

「追加でいろいろ揃えなきゃいけませんね」

「買い物いくの？　おでかけ、おでかけ～！」

週末、三人で街へ繰り出し買い物を済ませたあと、アシュレイが仕事で必要な魔道具を新調したいとのことで、なじみの魔道具店に立ち寄った。

「あぁ……いらっしゃい……」

いつもは明るい店主が、その日はやけに元気がなく落ち込んでいるようだった。

話を聞くと、どうやら発注ミスで録音魔道具の在庫を大量に抱えてしまったらしい。

高価な品だから庶民は買わず、仕入れたのは旧型のため、新しい物好きな貴族は見向きもしない。

メインターゲットの貴族層に売れない大量の魔道具が、倉庫と店主の心を圧迫しているようだ。

「特売セールで売っちまうしかないのかぁ……」

店主の言葉に、アシュレイが腕組みして考え込む。

「庶民に手が届く価格帯まで下げるとなると、かなりの大赤字になりそうですね」

「そうなんだよ。苦しいなぁ……」

「旧型とはいえ、商品になにか付加価値をつけたら、貴族も買うと思うんですが」

「うーん。そう言ってもなぁ……おっちゃんはなにも思いつかないよ」

アシュレイと店主の会話を聞いていたイアンが「ふか、ふか、かち？」と、たどたどしく発音する。

「イアン様、付加価値ですよ」

「ふかっち？」

「付加価値」

「ふかかち！」

「そうです！」

上手に発音できましたね、とイアンの頭を撫でていると、ふいにアイデアが閃《ひらめ》いた。

「そのままで売れないのなら、音声を入れて売り出すのはどうでしょう？」と、試しに提案してみる。

「なんの音声を入れるんだい？」

「手始めに短い童話はいかがでしょうか。子供への読み聞かせに利用できるかと」

録音魔道具として売れないのなら、前世でいうところのオーディオブック的な物にして売り出すのはどうかと思ったのだ。

「そりゃあ、おもしろそうな案だな！」と、店主が手を打つ。

「新しい物好きな貴族は飛びつくぞ！　あぁ……だが、誰が音声を吹き込むんだ？」

「俺は無理だぞ」と店主が首を横に振り、アシュレイに視線を送るが、彼もまた「無理ですよ」と即答する。

最終的に、ふたりは私に視線を向けた。

「分かりました……発案人なので、やってみます」

こうして私は、平日昼間の空き時間を利用し、録音魔道具に音声を吹き込む仕事——前世でいうところのナレーターのような仕事を始めた。

まずは人気童話を録音して販売したところ、貴族の子供たちの間で大流行。瞬く間にクチコミが広がり、まるで本を買うように音声入り魔道具が飛ぶように売れた。

無事に在庫処理ができた店主はいたく喜び、何度も私に頭を下げた。

「いやぁ。ビクトリアさんのおかげで、うちの店は命拾いしたよ。本当にありがとう」

「お役に立てて良かったです」

「それにしても、ビクトリアさんはすごいよね。聞き取りやすい発音に、抑揚も完璧。声色まで変えられるんだから。いやはや、驚きだよ。劇団の仕事とかやってたの？」

「いいえ」……今世ではやっていません。

私の返答に、店主がますます感心した様子を見せる。

「じゃあ、天性の才能ってやつだ！　今後ともよろしく頼むよ！」

「え、今後とも……？」

「いやぁ、続けて欲しいという要望がすごくてさぁ。次は、録音する本をお客さん自身が指定する『オリジナル魔道具』っていう物を売り出すんだ」

試しに予約受付を開始したところ、申し込みが殺到しているらしい。

「ということで頼んだよ、ビクトリアさん！」

まさかこんな形で前世の経験が役に立つなんて、自分でも驚きだ。こうして私は、ナレーターの副業を継続することになったのだった。

数日後――。

「今日は、ここまでにしようかな」

録音作業が一段落した頃、「ただいま〜、ビッキー！」という呼び声が聞こえてきた。

急いで玄関に行くと、イアンが「みてみて！」と一枚の紙を差し出してくる。それは、近日開催される保護者を交えた懇親パーティのお知らせプリントだった。

「ダンスパーティ、いよいよですね」

「うん！　僕、がんばる……勇気だして、キャシーを誘うんだ」

イアンは小さな両手をギュッと握りしめた。

「ずっと気になっていたんですけれど、キャシー様はどんな方なんですか？」

試しに尋ねてみたところ、さっきまで饒舌《じょうぜつ》だったイアンが急に口を引き結んで、もじもじ。

「キャシーは、とってもかわいい」と呟くや否や「着替えてくる！」と言って走り去ってしまった。どうやら恥ずかしくなっちゃったみたい。

うーん、甘酸っぱい。

その夜、アシュレイに聞いてみたところ、キャシーは騎士団を束ねる大隊長のお嬢さんだということが分かった。キャシーの父・マクガレン大隊長は、アシュレイの上官であり、かつてはイアンの父親の上司でもあったらしい。

「イアンとキャシー嬢は幼い頃からの友人なんです。マイペースなイアンが堅苦しい貴族学校に入りたがったのも、キャシー嬢と一緒にいたかったからでしょうね」

そう話すアシュレイの表情や声音は、ここ最近やけに優しくて甘い気がする。

「初恋の相手との最初のダンス……絶対に成功させなきゃいけませんね！」

イアンの学校生活も、来たるべきダンスパーティに向けたレッスンも、なにもかもが順調に進んでいた。

しかしパーティが間近に迫った日の夕方。トラブルは突如として起きた——。

いつもは明るく駆け込んでくるイアンが、今日は「ただいま……」と小さな声で呟き、背中を丸めてとぼとぼ歩いている。

（今朝は元気に出かけていったのに、学校でなにかあったのかしら……）

試しに「夕飯はイアン様の好きなお肉ですよ」と声をかけてみるが、にこりともしない。しまいには「よるご飯いらない」と言う始末。

「僕に構わないで」というオーラをまとったイアンは、私にカバンを渡して寝室のドアをパタンと閉めてしまった。

テストで悪い点をとって落ち込んでいるのかとカバンの中を調べるが、特になにも入っていない。少し様子を窺っていたが、部屋から出てくる気配もない。

とにかく側にいようと思いコンコンと扉をノックする。

しばらくして「どうぞ……」と返事が聞こえてきた。中に入ると、イアンはベッドの上で膝を抱えて座っていた。薄暗くて顔はよく見えないが、ズズッと鼻を啜《すす》る音から察するに泣いているようだ。

私は無理に話を聞き出そうとせず、イアンの隣に座って頭を撫でる。無言で寄り添っていると、「ビッキー、あのね……」と囁きが聞こえてきた。

「僕って、かわいそうな子なのかな？」

突然の問いかけに私はひどく驚いた。

「誰かにそう言われたんですか？」

「クラスの子に。『親なし、本当の家族がいない、かわいそうな子だな』って言われた」

あまりにも心ない言葉に怒りが湧き上がる。

『クラスの子』というからには、言ったのはイアンと同年代の子供だろう。親が話している内容をそのまま口にしたのか、もしくは傷つけてやろうという悪意があったのか。

発言者の意図は分からないが、心を深く傷つける言葉だ。

「パパとママがいなくなって、すごくかなしかった。でも今はアシュレイとビッキーがいるし、やしきのみんなも優しい。ほんとうの家族じゃないけど、僕、とってもしあわせなのに。ぜんぜん、かわいそうじゃないのに……」

両目から大粒の涙を流しながら、イアンがしゃくり上げる。

そっと肩を抱き寄せると、私の胸に顔を埋めてわんわん泣き始めた。

帰ってくるまで、ずっと我慢していたのだろう。小さな身体を震わせて悲しみをこらえる姿に、私まで悲しい気持ちになる。

なんて言葉をかけてあげれば良いんだろう……。

前世でも今世でも、私は両親に慰められた経験がない。泣いていても放置されるか、『うるさい』と怒られるだけだった。だから、なんと言ってあげるのが正解か分からない。

イアンの頭を撫でながら、必死にかける言葉を探す。

その時、ノック音とほぼ同時にドアが開き、アシュレイが姿を現した。こちらに駆け寄ってきた彼は、私とイアンをひとまとめに抱きしめる。彼の外套から、ふわりと外の香りがした。

帰宅して執事から事情を聞きつけ、外套を脱ぐのも忘れてやってきたのだろう。

私とアシュレイに挟まれたイアンは「ゔへぇ、ぐるしいよぉ～」とちょっぴり笑った。

「あっ、ごめんな。つい」

「アシュレイ様、力強すぎです」

「僕、いつもぎゅうってされるんだよ！　気をつけてよぉ！」

「はい、気をつけます……」

イアンからお叱りを受け、アシュレイがしゅんと肩を落とす。精悍《せいかん》な現役騎士のしおらしい姿に、私とイアンがくすくす笑った。

「アシュレイ様、今日はお帰りが早かったんですね」

「ええ。仕事が早く終わったので」

「おかえり、アシュレイ」

「うん、ただいま」

アシュレイが帰ってきたことで安心したのか、イアンはすっかり泣きやんだ。先ほど私に話してくれたことを、もういちど冷静に説明する。

すべて聞き終えたあと、アシュレイは一瞬、怒りと悔しさをにじませたものの、すぐに穏やかな顔つきになってイアンを優しく抱きしめた。

ふたりは本当に良い家族だと思う。落ち込むことがあっても、抱き合えば自然と笑顔になれる。

「イアン様、私、思うんです」

気付けば、私はそう口に出していた。イアンとアシュレイが揃ってこちらを見る。

「たとえ血の繋がりがなくても、相手のことを思い遣って幸せや悲しみを共有できるのなら、誰がなんと言おうとも立派な家族です。イアン様はひとりじゃないですよ」

そう告げると、イアンが感極まったように抱きついてきた。

「俺もビクトリアさんの言う通りだと思う。俺たちがついているよ、イアン」

「うん、うん……！」

こくこくと頷くイアン。その小さな頭を撫でながら、私は思ったことを口にした。

「二度と『かわいそう』だなんて言えないように、その子に、イアン様とアシュレイ様が素敵な家族だってところを見せつけてやりたいですね！」

イアンが顔を上げて「うん！」と力強く頷く。

「題して『幸せ家族大作戦』！　ダンスパーティで幸せオーラをまき散らしてください、イアン様！」

「うん、りょうかいした！　僕がサクセンたいちょーやる！」

さっきまで落ち込んでいたイアンが、一瞬にして笑顔になった。腰に手を当てベッドの上で仁王立ちしてふんぞり返る。

「よしっ！　じゃあ、アシュレイ父上とビッキー母上。いっしょに幸せいっぱい家族でパーティにのり込むぞ！」

イアンにビシッと指名された私は「え？」と聞き返した。

「私も参加するんですか？　母上って……ええっ、母親役⁉」

アシュレイとイアンの仲睦まじい様子を見せつけてやってください、という意味だったのに、いつの間にか自分も参加する話の流れになって焦ってしまう。

「ビッキー、僕の母上になるの、いや？」

かわいいイアンに潤んだ上目遣いでお願いされ、断れるはずがない。私はとっさに「まさか！　光栄です」と声をあげた。

「じゃあ、決まりだね！」

「ですが……これは、イアン様には難しい話かもしれませんが、私はこの国の第二王子に婚約破棄され、家を出た……いわくつきの元侯爵令嬢です。私が行くことで、おふたりのご迷惑にならないか不安です」

「かんけいないよ！　僕の母上はビッキーがいい」

イアンは頑として譲らない。

助けを求めてアシュレイの方を見ると。

「俺の妻はビクトリアさん以外、考えられません」

やけに大真面目な顔で言い切られてしまった。

「ビッキー」「ビクトリアさん」

瞳を潤ませたイアンと、熱烈な眼差しを向けてくるアシュレイ。

ふたりから必死に懇願されたら、それ以上なにも言えなかった。

「……分かりました！　やるからにはこの作戦、成功させますよ！」

アシュレイとイアンが揃って明るい笑顔になる。

「では、幸せ家族大作戦、開始です！」

私のかけ声を合図に、「おーっ！」という雄叫びが屋敷中に響き渡った。

急遽パーティに参加することになり、ドレスやら装飾品が必要になったが、令嬢時代の物は家を出る際に売り払うか、置いてきてしまった。正直、実家には取りに行きたくない。

（痛い出費だけれど、イアン様のためだもの、必要経費だわ）

私の心中を察したのか、アシュレイが「さっそく必要な物を買いに行きましょう。もちろん支払いは俺が」と言ってきた。

「さすがにそれは申し訳ないですよ！」と、私は恐縮してしまう。

いつもなら何事に対しても物分かりのよいアシュレイだが、今日は頑固だった。

「そもそもドレス類が必要になったのは、懇親パーティに出るためですし。なにより、俺が妻になるビクトリアさんにプレゼントしたいんです」

（妻になるビクトリアさん……）

甘く熱烈な視線と告白めいた言葉に鼓動が一気に早くなった。

（アシュレイ様はきっと、〝妻役〟になるって意味で言っているだけよね。あぁ、びっくりした……）

意地を張って断り続けるより、ここは素直にお言葉に甘えよう。いただいた分は、いつか頃合いを見てなにかお返しすればいいわよね。

「ありがとうございます」と、私は感謝を述べた。

色よい返事に気を良くしたのか、アシュレイはにっこり笑い、この街で一番人気の高級ブティックに私をエスコートした。

「ビッキーのドレスは僕が選ぶ！」と言ってついてきたイアンが、店の中をぐるりと見渡してた。

「うわぁ」と感嘆の声をあげた。

広々とした店内にはドレスや装飾品がずらりと並び、シャンデリアの明かりを受けてキラキラと輝いている。

「学校の懇親パーティ用なので、落ち着いた上品な物をお願いします」

私がそうオーダーすると、店員が「こちらはいかがでしょう」と次々にドレスを持ってくる。

周りを見渡していたイアンが「ビッキー、アレきてみて！」と一着を指さす。あまりにも猛プッシュしてくるため、私はイアンおすすめのドレスを持って試着室へ入った。色は深みのある臙脂《えんじ》、胸元と背中を見せる大胆なデザインだ。

懇親会に着ていくには、ちょっと攻めすぎたデザインかしら……。

そう思いつつ、カーテンを開けてイアンとアシュレイ、店員の前に出る。

「うわぁ！　とってもキレイ！　ゼッタイこれがいいよ！　僕、きにいった！」

「ええ。本当に、とても良くお似合いです。お美しいですわ」

イアンと店員が満面の笑みで褒めてくれる。

「綺麗だ……ビクトリアさん、とてもお似合いです。……が、却下です！」

「えーなんでぇ」とイアンが抗議する。アシュレイは真顔で「露出が多い」ときっぱり理由を言った。

「ですよね。母親役なので、もう少し露出控えめの方が良いですよね」

派手なドレスを着て、他の保護者に「まぁ、なんて下品なの」と思われたら大変。アシュレイの指摘はもっともだと思い、私は露出控えめの品を店員に頼んだ。

その間にも、私のドレスのデザインを巡ってイアンとアシュレイが激論を交わしている。

「さっきのドレスよかったのに！　なんでダメなの？」

「確かにすごく綺麗だったよ。だけど、扇情《せんじょう》的なドレスはダメだ。万が一、ビクトリアさんに悪い虫がついたら困る」

「せんじょうてき……戦場……敵……？　わるい虫⁉　パーティ……こわい……！」

（イアン様……多分違うことを考えているよね？）

訂正する前に、次々ドレスが運ばれてくる。なぜか非常に露出にうるさいアシュレイと、意外にもセクシーなドレスが好みのイアン。腕組みしたふたりの男性に厳しくチェックされながら、私は手当たり次第に試着した。もう、気分はマネキン。

「僕、さっきの背中あいたやつがいい！」

「あれは露出が多すぎる。こっちの方が落ち着いたデザインで素敵だ。上品なビクトリアさんによく似合う」

「えー、アシュレイとシュミあわなーい」

かれこれ三十分以上ドレスを試着しているのだが、男性陣の意見がまぁ合わない。

「そろそろ疲れてきたんですけどぉ～」と思っていると、私たちの様子を見ていた女性店員が「ふふっ」と笑った。こちらを見てハッと表情を引きしめる。

「すみません、ほほ笑ましくてつい。素敵なご家族ですね」

いいえ、家族ではないんです、と言いかけて、曖昧にほほ笑むだけにした。説明がややこしくて面倒というのもあったし、なにより……。

（そっか。私たち、家族に見えるんだ）

お客を喜ばせるためのリップサービスだと分かっていても、素敵な家族と言われて嬉しくて、わざわざ否定するのも野暮な気がしたから。

（さて、男性たちにすべて任せていたら埒があかないわ）

私はドレスの山の中から、なんとかふたりの意見を最大限反映させたドレスを選び試着してみた。

背中や胸元はシースルーになっており、女性的な色気をかもし出しつつ、露出は程よく抑えられている。生地も落ち着いたモスグリーンで、懇親パーティにはぴったり。

試着室のカーテンを開けた私は、その場でくるりと回った。

「どうでしょうか？」

アシュレイとイアンが揃って、惚けたように私を見つめる。ジーッと熱い眼差しを受けて、穴が開きそう。

あの……と口を開きかけたところで、我に返ったふたりは満面の笑みを浮かべた。

「……とても、綺麗だ。すごく似合っています！」

「うんうん！　これで成功まちがいなしだよ‼」

しみじみと「綺麗だ」と呟くアシュレイの横で、イアンが興奮してぴょんぴょん飛び跳ねる。

ようやくドレスが決まり、私はほっと胸をなで下ろした。

諸々を買い込みブティックを出る頃には、すっかり夜になっていた。

「よし！　セントーフク（戦闘服）は手にいれた。アシュレイ父上、ビッキー母上、パーティはセンジョーだ！　心してかかるのだ‼」

作戦隊長イアンの号令に、私とアシュレイは揃って「イエッサー！」と敬礼した。

五章　幸せ家族大作戦！

そして迎えたパーティ当日、私たちは懇親会に出席するため、意気揚々と馬車に乗り込んだ。

しかし会場に近づくにつれ、そわそわと落ち着かない気持ちになっていく。

パーティ自体が久々な上に、もし正体がばれたらと思うと、少し不安な気持ちになる。

髪型も化粧も万全なんだから、ビクトリア・フェネリー侯爵令嬢だと気付かれない……はず。

大丈夫、大丈夫と自分に言い聞かせていると「ビクトリアさん？」と声をかけられた。

顔を上げると、隣に座るアシュレイと目が合う。パーティ用の正装をして髪型を整えた彼は、いつにも増して麗しい。

上品な佇まいと騎士らしい凛とした雰囲気を兼ね備えた姿は、とても素敵だ。

「不安ですか？」

「ええ、少し。パーティなんて久しぶりですから、緊張してしまって」

「では、俺が魔法をかけて差し上げます。手を貸してください」

言われた通り片手を差し出すと、彼は私の手を両手で包み込んだ。触れ合った掌から優しい体温が伝わり、ほっとして肩の力が抜けた。

「大丈夫、なにが起きても、俺が貴女を守ります。ビクトリアさんは、普段どおりの素敵な笑顔でいてください」

なんだろう、このとてつもない安心感と包容力は。たった二歳しか違わないのにアシュレイはとても大人で頼もしい。

「そうだよ。アシュレイが守ってくれるから、サクセンはぜったい成功するよ！」

正面に座るイアンが、ニコニコと明るく笑う。

「アシュレイ様、イアン様、ありがとうございます。……よし！　ここまで来て弱気になっちゃダメですよね。私、精一杯頑張りますわ」

「うん、僕もがんばる！」

「ふたりとも、その意気だ」

馬車は門をくぐり、学校の正面玄関前に停車した。

「では、行こうか」

先に降りたアシュレイが片手でイアンと手を繋ぎ、もう片方の腕を差し出してくる。私は深呼吸すると、彼の腕に手を添えた。

さすがは貴族御用達の学校。会場は煌びやかな装飾が施され、有名楽団が優雅な音色を奏でている。学校行事とは思えないほど豪華なパーティだった。

両開きの扉がスタッフによって開け放たれ、私たちは人々の集う会場へ足を踏み入れた。

やはり美貌の英雄の注目度はすさまじい。それまで談笑していた貴族たちが、一斉にこちらを見た。

「見て、クラーク様だわ」

「隣にいる美女、誰かしら」

「まさか……恋人⁉」

老若男女、さまざまな人が私たち――主にアシュレイ――を見て、ひそひそと何事かを囁いている。あまたの視線に晒され、おのずと緊張で身体がこわばる。

イアンは大丈夫かしらと様子を窺うと、案外平気そうな顔をしていた。

キョロキョロしてはいけないという教えを守り、さりげない仕草で誰かを探しているようだ。

ハッとした顔をしたあと「キャシー！」と呼びかけ歩いていく。

名を呼ばれた少女がくるりと振り返った。ふわふわのブロンド髪に大きな瞳、ツンと澄ました顔のまるでお人形のように愛らしい美少女。

「彼女がキャシー・マクガレン。この前話したマクガレン大隊長のお嬢さんだよ」

隣にいたアシュレイが、そっと私に耳打ちする。

キャシーの元に辿《たど》り着いたイアンが、ちょっと照れくさそうに挨拶をした。

「やぁ、キャシー。いい舞踏会だね」

緊張の面持ちのイアンが、練習したとおりのセリフをしゃべり始める。

「ご機嫌よう、イアン。そうね。でもドレスが窮屈すぎるの。はやく帰りたいわ」

おませな口調でため息をつくキャシー。一方、想定とは異なる彼女の返しに、イアンが一瞬とまどいの表情を浮かべた。

ええ……練習とはちがうよぉ……というイアンの心の声が聞こえてくるようだ。

私が「頑張れ、頑張れぇ……」と念を送っていると、イアンがちらりと横目でこちらを見た。

片手を握りしめてエールを送ると、イアンが力強く頷いた。

「キャシー、と、とっても……き、きれいだよ……！」

「えっ……あっ、その……ありがとう。貴方も素敵よ、イアン」

「あっ、ありがとう。うれしいよ」

頬を染めてほほ笑み合う幼い紳士淑女。ふたりの間に漂う甘酸っぱい雰囲気と初々しい恋の予感に、見ているこちらまでドキドキしてしまう。

「キャシー、あのね、あとで僕と……ダンスおどってください！」

「ええ、もちろ——」

「はあっ？　なんだって？　親なしがダンスなんて踊れるのかよ！」

小馬鹿にしたような大声が、キャシーの言葉を遮った。空気を読まないお邪魔虫の登場に、イアンとキャシーが揃って眉根を寄せる。

意地悪な声の主は、イアンと同じ年くらいの少年だった。ブランド物の服に、子供が着けるには高価すぎる時計。身なりからして裕福な家の子だと分かる。

少年は意地の悪い笑みを浮かべながら、さらに言った。

「だーかーらー、ここは、お前みたいなかわいそーなやつが来る場所じゃないんだよ！」

心をえぐる言葉にイアンが押し黙り、隣にいたキャシーが庇《かば》うように前に出た。

「アンタ、この前からどうしてイアンにイジワルなこと言うわけ？　性格、ひんまがってるんじゃないの、このサイテー男！」

可憐な見た目によらず、なんて強気な女の子なのかしらと、私は心の中でキャシーに拍手を送った。一方、最低男と呼ばれた少年は、一瞬悲しそうな顔をしたものの、すぐに立ち直って叫び散らした。

「ハッ、あいかわらず女のくせに口がわるいな。なんだよ！　お前だって、おてんばサイテー女のくせに。バーカ、ブース、ブス！」

キャシーが傷ついた様子で下唇を噛みしめ、泣くのを必死にこらえている。

とうとう瞳から涙がこぼれ落ちたその時、隣からハンカチがすっと差し出された。

――イアンだ。

「キャシー、これ使って」

「ありがとう……」

「こちらこそ。かばってくれてありがとう。君はとってもかわいくて、ステキな女の子だよ」

凛々しい微笑を浮かべたイアンが、紳士顔負けのセリフを炸裂させた。キャシーは顔を真っ赤に染めて惚けたように放心している。

「さらっとあんな口説き文句を言えるなんて、イアンはどこで覚えてきたんだ？」

隣でアシュレイが不思議そうに呟く。

……いやいや、絶対貴方を見て学んだんでしょう。

「無自覚なんですね」

私の言葉にアシュレイが、ますます分からないという顔をした。そうこうする間にも、イアンがキャシーを庇うように前へ歩み出る。

虐めっ子の少年が「なんだよ、文句でもあるのか？　親なし」とへらへら笑いながら煽《あお》る。

「君のいうとおり、僕の本当の家族はもういない。でも自分がかわいそうだなんて思わないよ。だって僕には、いつも守ってくれるカッコいいアシュレイがいる。優しくだきしめてくれるビッキーがいる。ふたりとも僕のだいじな家族だ！」

出会った頃は、ワンパク怪獣だったのに、いつの間にあんなに頼もしくなったんだろう。

イアンの成長に、胸に熱いものが込み上げてくる。

私が嬉し泣きをこらえていると、アシュレイがそっと手を重ねてきた。見上げると、彼の目にもうっすら涙の膜が張り、瞳がキラキラ輝いている。

イアンが、拳を握りしめ言い放った。

「僕は、かわいそうなんかじゃない。だから、もう君のイジワルに傷ついたりするもんか！」

毅然とした言葉に、虐めっ子の少年がなにも言い返せず狼狽《うろた》える。悔しそうに奥歯を噛みしめ、眉間にしわを寄せて泣くのをこらえているようだった。

「……でだよ。……なんでだよ！　なんで俺じゃなくて、そいつを好きになるんだよ。……俺の方が、ずっと前から……キャシーを好きだったのに！」

うつむいていた少年が顔を上げ、涙目でイアンを睨み付けた。

「いいか、イアン・クラーク。覚えておけ！　俺は、ゼッタイお前をみとめない。みとめないんだからなぁっ‼」

なんだよぉ、くそぉ～っ、と叫びながら走り去る少年。泣きながら会場を出ていくその背中を見つめながら、イアンとキャシーが首を傾げていた。

イアンを虐めたあの子のことは許せないけれど、見事な玉砕っぷりに思わず同情してしまう。アシュレイも同じ気持ちだったのか「意地悪の理由は、三角関係が原因だったんですね……」と言って、苦笑した。

「ほんと、恋って怖いですね」

「恋といえば、ビクトリアさんは以前『恋愛はこりごり』と言っていましたが、今もそう思っていますか？」

どうして急にそんなことを聞くんだろう。

「まぁ、そうですね」と曖昧に頷くと、アシュレイは少し寂しそうに「そうですか……」と呟いた。

それから数秒、沈黙が続く。

（えっ、今の質問なに？　とっても意味深なんですけど……）

内心困惑していると、私たちの元にひとりの男性が歩み寄ってきた。

服の上からでも分かる鍛え抜かれた屈強な身体。厳つい顔に、右目の上に走る傷跡。苦み走った貫禄たっぷりな男性だ。

「よお、アシュレイ。お前んとこの坊主、ちょっと見ない間に逞《たくま》しくなったなぁ」

「マクガレン大隊長。お久しぶりです」

マクガレン大隊長と呼ばれたその男性は、アシュレイの肩を豪快に叩くと、私の方を見てニカッと笑った。

「どうも、アシュレイの上司で、キャシーの父親のマクガレンです」

「初めまして、ビクトリアと申します」

握手を交わしながらマクガレンが「いやぁ、実にお美しい！」と大袈裟に言う。

「女っ気のないお前が、いつどこで、こんな麗しい美女とお近づきになったんだ？　ったく、お前も隅に置けないな。羨ましいったらないぜ」

「大隊長、握手が長すぎます」

「アシュレイ。お前ってば、見かけによらず嫉妬深いタイプだったんだなぁ」

「はい。やっと見つけた運命の女性《ひと》ですから」

さらりと告げられた言葉に私は驚き、思わずぽっと頬が熱くなる。

イアンの口説き文句の師匠なだけあって、アシュレイはたまにこういう告白めいたセリフを言うからドキッとしてしまう。

(私じゃなかったら勘違いしちゃうところよ……！)

「てっきり女嫌いの堅物だと思っていたが、真面目な顔でサラッとそんなセリフを言っちまうとは。あぁ～、なんだよ、甘ったるくて敵わんわ。へいへい、お邪魔虫は撤収しますよー」

「大隊長、お待ちを。先ほどから王宮近衛騎士の姿を見かけるのですが、この学園に王族は通っていないはず。なにか聞いていますか」

「そういや。変だな」

会話の途中で、ホールに華やかな曲が流れた。壇上に現れた学園関係者らしき司会者が進行を始める。

「本日は、サプライズゲストとしてオスカー殿下と、本校の卒業生のエリザ様が来てくださいました。皆様、拍手でお迎えください！」

明るい入場曲と共に、オスカーがエリザを伴って姿を現す。

壇上に上がったオスカーが、長々とした祝辞を述べ始めた。最初は静かに聞いていた聴衆も、次第に険しい顔になっていく。

「話が長いな。もう十五分もしゃべっているぞ」

「子供たちの踊る時間がなくなっちゃうじゃない」

必要以上に出しゃばり時間を浪費するオスカーに、出席者の苛立ちは募るばかり。人々は長ったらしい話を聞き流し、小声で談笑を始めた。

「王宮勤めしている親戚から聞いたんだが、あのふたり、最近仲が良くないらしいぞ」

「殿下は一度婚約破棄しているじゃない？　たとえ不仲だとしても、さすがに二度目の破棄は外聞が悪いから、別れられないんじゃない？」

「そういえば、殿下の最初の婚約者。あの人、実家を追放されたらしいわよ。今どこにいるのかしらね」

私に関する噂話が聞こえてきて、びくりとする。

（……追い出されたんじゃなくて、自分から家を出たのよ）

さらに、壇上のオスカーと目が合ってしまった気がして、私はうつむいた。

「うつむく必要はないよ。君はなにも悪くないのだから。たとえ正体が明かされたとしても、責められる謂《い》われはない。堂々としていればいい」

「アシュレイ様……」

頼もしいアシュレイの存在に勇気が湧いてくる。

そうだ。私が悪い訳じゃない、こそこそする必要なんてないんだ。

胸の内に絡みついていた不安や怯えが綺麗に消え去り、心がすっと軽くなった。

「ありがとうございます」と囁くと、彼が「どういたしまして」と微笑む。

アシュレイは寂しい時や不安な時、さりげなく一番欲しい言葉をかけてくれる。

(アシュレイ様の隣にいると、ほっとする……不思議だわ)

気がつけば長いスピーチは終わり、ホールの中央でオスカーとエリザがオープニングダンスを踊っていた。もはやオスカーに対してなんの感情も湧かない。いま私の頭の中を占めるのは、アシュレイのことばかり。

オープニングダンスが終わり、司会者のアナウンスが入った。

「お次は保護者の皆様、子供たちにお手本のダンスをお願いします。皆様、ホール中央へお集まりください」

男女が連れ立ってホールに集まり始める。

「ビクトリアさん、踊っていただけますか?」

「ええ、もちろん」

差し出された手を取り、ふたりで煌びやかなホールへ躍り出る。流れてきた優雅なワルツの調べに乗って、私たちは踊り始めた。

視界の端に、こちらを見つめる人々の姿が映る。

その中に、見知ったふたりがいた。

腕組みして眉間にしわを寄せるオスカーと、不機嫌な顔を隠しもしないエリザ。

大衆の注目の的になっているだけでなく、一段高い席からオスカーとエリザにジッと睨みつけられた私は、思わず緊張してしまう。身体がこわばり、わずかにステップが乱れた。ぐらりと傾いた身体を力強い腕で支えられる。

「あ、ありがとうございます」

「どういたしまして。周りを見ずに俺だけを見て。ここが、優勝賞金のかかったD‐1グランプリの会場だと思えば、実力を発揮できるんじゃない?」

「ふふっ、懐かしい。覚えていてくれたんですね。おかげで緊張がほぐれました」

「それは良かった」

腰を引き寄せられ身体がぐっと近づき、自然と視線が絡み合う。私は肩の力を抜いてアシュレイのリードに身を任せた。

次第に周りの気配が消えて、意識がすべて彼に注がれる。世界にふたりっきり、取り残されたような錯覚を抱く。

このパーティが幕を下ろしたら、演技は終わり。

私たちは恋人同士という設定から、雇い主と家庭教師の関係に戻る。

あぁ、永遠に、このダンスが続けば良いのに。残念だな。

（……ん？　残念だな、だって？）

私はふと浮かんだ言葉に、内心首を傾げた。

そうこうしているうちに曲が終わり、アシュレイに手を引かれて壁際に移動する。

次は子供たちの番だ。小さな紳士淑女たちが緊張の面もちでホールに歩み出る。たどたどしく踊るペアが多い中、イアンとキャシーは大人顔負けの上手さだった。イアンが完璧なリードで、キャシーと華やかなダンスを披露する。

楽しげな姿を眺めながら、私はさきほど心に芽生えた感情を整理していた。

アシュレイと過ごす時間は居心地が良く、私は多分彼に好意を抱いている。でもそれは、恋愛感情なんかじゃない……と思いたい。

恋なんていう、曖昧でいつ終わるとも知れない感情に支配されたくないわ。

「ビクトリアさん、顔が赤いですよ？　なにか冷たい飲み物を――」

アシュレイが心配そうに私の顔をのぞき込み言いかけたところで、背後から「久しぶりだな」と声がかかった。声の主は近衛騎士の制服を着ており、会話の内容を聞くに、アシュレイの昔の同僚のようだ。

「アシュレイ、ちょっと向こうで話せないか？」

近衛騎士が気まずそうに、ちらりと私の方を見る。

「悪いが、今日はちょっと。仕事の話なら、後日改めて」

そう言って断るアシュレイに、私は声をかけた。

「どうぞ、お話ししてきてください。私はあそこのソファで休んでいますから」

私は大丈夫です、と付け加えると、アシュレイは渋々頷いた。

「分かった。すぐ戻る」

アシュレイを見送ったあと、私はダンスホールの隅にあるソファへ腰を下ろした。ここなら子供たちの様子が見えるから安心。

キャシーとのダンスを終えたイアンは、クラスメイトに囲まれていた。

「イアン君、ダンス上手だね」

「すごいわ！　今度はわたしとも踊って！」

一躍クラスの人気者になり、照れつつも楽しそうなイアンの姿に、私まで嬉しい気持ちになる。

ふふっ、ほほ笑ましいわぁ——と思いながら眺めていると、近衛団の制服を着た別の騎士が近づいてきた。今日はやけに近衛騎士と縁があるわね。

てっきりアシュレイに用があるものだと思い不在を告げようとしたが、騎士のお目当ては私だったらしい。

「失礼。ビクトリア様ですね」

「ええ、そうですが……」

「オスカー殿下が貴女とお話したいと仰せです。一緒に来ていただけますか」

口調は丁寧だが、有無を言わせぬ威圧感がある。

王子の命令に逆らえるはずもなく、私は大人しくソファから立ち上がった。案内された部屋に入ると、満面の笑みを浮かべたオスカーに出迎えられる。

「やぁ、ビクトリア。見違えるほど綺麗になったね。元気にしていたかい」

少し前まで私のことを冷血悪女扱いして婚約破棄までしたくせに、よくも気安く話しかけられるものだ。込み上げる苛立ちを抑え、私は深々と頭を下げた。

「オスカー殿下におかれましては、ご機嫌麗しゅう存じます」

「そんな堅苦しい挨拶はやめてくれ。僕と君の仲じゃないか」

僕と君の仲？　婚約破棄した側とされた側。仲良くする間柄じゃないと思いますけど？

この人と話していると、心がささくれ立って仕方ない。早く切り上げて退散しよう。

「恐れ入りますが、ご用件をお伺いしてもよろしいでしょうか」

「おや、相変わらず冷たいなぁ。では仕方ない、単刀直入に言おう。僕の元に帰っておいで、ビクトリア」

「…………はい？」

（なに言ってんの、この人⁉）

オスカーの言っていることが理解できず、私は唖然とした。だが、すぐさまハッとして周囲を見渡す。もしエリザに見られて誤解されたら大変。

私にその気がなくても、オスカー殿下と浮気した！　などと一方的に恨まれたら、たまったものではない。

「エリザはいないよ。帰ったからね」

オスカーがふふっとほほ笑む。

婚約者のいない隙を狙って私を口説くとは、この王子の好色も相変わらずだ。

「『帰っておいで』とは、いったい……おっしゃっていることの意味が、私には理解しかねます」

「言葉の通りさ。僕の妻になって欲しい」

（…………はぁ？）

「謹んでお断りします」

「なぜだい？」

私の即答に、オスカーが不愉快極まりないといった様子で眉をひそめる。

（……なぜって……それは私のセリフよ！）

そっちから婚約破棄したくせに、よりを戻そうですって？　まったくふざけた話だわ！

「私はすでに新しい人生を歩んでおります。オスカー殿下の元へ戻るつもりはありません。私などには構わず、どうか婚約者のエリザ様を大切にして差し上げてください」

「エリザ？　はぁ……あれはダメだ。わがままますぎて、僕の伴侶にはふさわしくない。今日だって、なぜ腹を立てたのか知らないが、怒って先に帰ってしまった。まったく、なんて女だ」

「彼女を結婚相手に選んだのは殿下です。私に彼女の愚痴を言われても困ります」

（あ、まずい）

　これでも一応、相手は王子様なのに、思っていることをはっきり言ってしまった。

　不機嫌なオスカーの表情がますます険しくなる。気を取り直すように、彼はコホンとひとつ咳払いをした。

「まあ、いい。エリザの話は置いておいて。とにかく、品位、教養、性格など、すべての面でエリザより君の方が優れていると判断した。それに容姿だって、少し会わないうちに見違えるほど綺麗になったじゃないか」

　頭のてっぺんから爪先まで舐めるようにオスカーに見つめられ、あまりの不快感にぞわっと鳥肌が立った。

「僕との結婚を承諾してくれたら、君の家族も救ってあげよう。聞くところによると、大変な状況のようじゃないか」

「家族とは縁を切りましたので。それに風の噂で、兄が家督を継ぎ、裕福な商家の令嬢を迎えると聞きました。持参金や婚家からの資金援助もあるでしょうし、安泰でしょう」

「おや、君はまだ知らないのかい？　その話には続きがあるんだよ。少し前に頼みの綱だった商家が赤字倒産した。だから君のご実家は資金援助を受けられず、いまや家計は火の車。こういってはなんだが、没落寸前だ」

「そんな……」

家族は捨てた。……つもりだったが、父と兄が苦境に立たされていると知り「ざまぁみろ」と笑えるほど、私も鬼ではない。心が揺れ、胸の奥がざわめく。

「君は、血の繋がった肉親を見捨てられるのかい？」

オスカーの一言に、私は押し黙った。そのセリフは、あまりにも卑怯だ。

私の責任感の強さと家族を想う人情につけ込み、無理やり復縁を迫るような卑劣なやり方に憤りを隠せない。

……こんな人の元に戻るなんて、考えただけでも虫酸が走る。

「私の決心は変わりません。フェネリー侯爵家とは縁を切りました。そしてオスカー殿下、貴方様とも。エリザ様とどうかお幸せに。では人を待たせているので、これで失礼いたします」

「待ちたまえ……！」

出口へ向かう私の手をオスカーが掴む。

「離してください」

「そんなに、あの男が好きなのか」

「あの男？」

「アシュレイ・クラークのことだよ」

家族の次は、アシュレイのことを持ち出してくるなんて。なりふり構わないオスカーに呆れ果てる。

答えない私を見て、無言の肯定と捉えたのだろう、オスカーはいやらしくニヤッと笑った。

「なんだよ、図星か？　クールな君がそんな顔をするなんて、よほどあの男が好きなんだな。そうだ、君に良いことを教えてあげるよ」

「いえ、結構です」

「そうつれないことを言うな。僕は君のために忠告してあげるんだ。君とアシュレイは、決して結ばれることはないよ。なぜならあの男には、忘れられない思い人がいるからね」

「思い人……？」

「侯爵家を出たと知ってから、僕は君の動向を秘密裏に調査していたんだ。クラーク家にいると分かってからは、あの男のことも徹底的に調べたよ。そこで分かったことがある――アシュレイ・クラークは、ずっと叶わぬ恋をしているんだ」

オスカーのペースに乗せられてはいけない。一刻も早く立ち去らなければと思いつつも、話せば話すほど心が揺さぶられる。

「地位と名誉、将来性もある美貌の騎士アシュレイ・クラーク。世間で絶大な人気を誇るにもかかわらず、恋人はおろか浮いた話のひとつもない。そのことを君も不思議に思ったことがあるんじゃないか？」

確かに、疑問に思わないと言ったら嘘になる。望めばどんな女性とでも付き合えそうなモテ男なのに、恋人の影は一切ない。今はイアンがいるから、子育て最優先で恋愛から遠ざかっているのだと思っていたけれど……。

誰かに片思いをしていて、今も叶わぬ恋心を抱いているのなら、話のつじつまは合う。

オスカーは私の耳元に口を寄せて、囁いた。

「アシュレイ・クラークの思い人は――」

告げられた名前に、私は目の前が真っ暗になった。

追い討ちをかけるようにオスカーが言葉を紡ぐ。

「ビクトリア。苦しい片思いなんてやめて、僕の元へおいで」

「――っ。お断りします！」

動揺を必死に抑え、私はドレスをひるがえして部屋を出た。

扉が閉まる直前――。

「どんな手を使ってでも、君を必ず僕のものにしてみせる」

不気味な声が聞こえてきたが、私は一切取り合わなかった。

舞踏ホールから続々と人が出てくる。どうやらパーティが終了したらしい。人波をかき分け会場に戻ると、すぐさまアシュレイとイアンが駆け寄ってきた。

「良かった。探しても見つからないから心配しました」

「ごめんなさい。会場の外へ出たら迷ってしまって」

「僕もしんぱいしたよ。ビッキー、おうち帰ろ？」

「ええ、帰りましょう」

人混みではぐれないよう、三人で手を繋いで出口へ向かう。馬車に乗り込むとイアンが興奮気味に今日の出来事を語り出した。

私とアシュレイは、ほほ笑ましくそれを見守る。

「でね！　キャシーに『ダンスとっても上手だね』って言われたんだ！　へへっ、ビッキーのおかげだよ」

「私じゃなくて、イアン様の努力のたまものですよ」

「ちがうよ」と、イアンが首を横に振る。

「ダンスだけじゃなくて、僕がゆうきを出せたのは、ふたりがいてくれたからなんだ。あの子にも言いかえせてスッキリした！　ぜんぶ、ビッキーとアシュレイのおかげ！」

「幸せ家族作戦、大成功ですね」

「へへっ、だいせいこーう！」

「こら、馬車の中であばれるんじゃない。揺れるだろう」

アシュレイにたしなめられ、イアンが「はぁ～い」と大人しく席についた。

しばらく興奮冷めやらぬ様子でソワソワしていたが、段々眠くなってきたようだ。コクリコクリと船をこぎ始めかと思うと、パタンと横になって寝てしまった。私の膝の上に頭を乗せて、すやすや気持ちよさそうに寝息を立てている。

「イアンは、どうしていつもビクトリアさんの膝で寝るんだ？　足、痺《しび》れるでしょう？　俺がかわりますよ」

「これくらい平気ですよ」

起きている時もかわいいけれど、寝ているイアンも愛らしい。天使のような寝顔に、ささくれだっていた心がほのぼの癒される。優しく頭を撫でると「ママ……」とイアンが寝言をいった。

「きっと、お母様の夢を見ているんですね」

「そうみたいですね」

「あの……イアン様のお母様って、どんな方だったのですか？」

アシュレイはイアンを見つめながら語った。

「イアンの母親、ジェナは明るくて前向きな女性でした。夫のフレッドを亡くしたあとも弱音ひとつ吐かず、イアンを育てていましたから」

「とても気丈な方だったんですね」

「そうですね。イアンの両親とは同郷で幼い頃から一緒でしたが、三人の中でもジェナが一番強かったかな」

話しているうちに馬車はクラーク邸に到着した。ガタンという揺れで目を覚ましたようで、イアンが眠い目を擦って起き上がり、寝ぼけ眼で私の顔をまじまじ見つめる。

「イアン様？　どうしたんですか」

「ママの夢みてた。そういえば、ビッキーの声って、なんだかママにそっくり。ビッキー、『イアンだいすきよ』ってママみたいに言ってみて？」

「イアン、だいすきよ」

穏やかに優しく告げると、イアンが嬉しそうにはにかんで抱きついてきた。

「にてる、にてるよ！　ママの声だよ、嬉しい！　ね、アシュレイもそう思うよね？」

「んー、そうか？　さあ、降りるぞ」

アシュレイは曖昧に言うと、イアンと一緒に下車した。私も彼の手を借りて馬車を降り、並んで歩く。

絶えず思い返してしまうのは、先ほどのオスカーとの会話だった。

彼はあの時、私にこう告げた――。

『アシュレイ・クラークの思い人は、ジェナ・アリソン。イアンという少年の亡き母親だ』

話を聞いたときは、オスカーがでまかせを言っているのだと思ったが、「もしかすると、そうなのかも……」と考えてしまう自分もいる。

『記憶というものは美化されていくんだ。生きている人間は、美しい思い出の中の死者には勝てないのさ』

振り払おうとしても、オスカーの言葉が頭から離れず心をじわじわと苛んでいく。

『残念だな、ビクトリア。君はジェナの代わりでしかないんだよ』

アシュレイとイアンは優しくて親切で、一緒にいると幸せだった。最近では家族になれたかのような錯覚に陥ることも、しばしばあった。

だけど、彼らの優しさや愛情は、本当に私へ向けられたものなのかな。ふたりは無意識のうちに、私にジェナの面影を重ねているのかも。

（……なんだ、私はやっぱり。誰かの代わりだったんだ）

「ビクトリアさん、顔色が良くないけど平気？」

「えっ、ビッキー、ぐあい悪いの？」

我に返ると、ふたりが気遣わしげにこちらを見つめていた。

「ちょっと馬車酔いしちゃったみたいです。このあと休んでも良いですか？」

「もちろん、ゆっくり休んで。なにかあったら遠慮なく言ってください」

「お気遣い感謝します。それではここで失礼します」

にっこり笑って私は自室へ駆け込んだ。扉を閉めて鍵をかけた瞬間、その場に崩れ落ち、膝を抱えて座り込む。

「あぁ、辛いなぁ」

涙のにじむ独り言は、静寂に溶けて跡形もなく消えた。

座り込んだまま、どれほどの時が経ったのだろう……。

ふいにドアがノックされ、扉の向こうから優しい声が聞こえてきた。

「ビクトリアさん、俺です。体調、どうですか？」

問いかけに返事をしようとして、とっさに口を噤んだ。今顔を合わせたら、泣いていたのを知られてしまう。

私は物音を立てないよう、息を殺して彼が立ち去るのを待った。

「……ぐっすり寝っているのかな。おやすみ、ビクトリアさん」

囁きのあと、足音が遠ざかった。

寝たふりをしたくせに、彼がいなくなって寂しいと思ってしまう自分がいる。互いに恋愛感情を持たないというルールで始まった雇用契約なのに、気付いてしまった。

（私は、アシュレイ様のことが、好き）

彼と一緒にいると心やすらぎ、ふとした仕草や言葉に胸が高鳴る。反面、私はジェナの身代わり……と考えてしまうと、途端に苦しくなってしまう。

こんな気持ちは、生まれて初めて。

だけど、好きになってしまった以上、今までどおりには暮らせない。

アシュレイは想いを寄せてくる女性家庭教師に心底嫌気が差しており、私が彼に恋愛感情を抱いていないから、イアンの先生として認めてくれた。きっと、私の気持ちを知ったら、その時点で契約を終了するだろう。

(でも、それでいいのかもしれない。身代わりで屋敷にとどまるくらいなら、いっそ……すべてを話して、終わりにしよう)

決意して立ち上がり、私は荷物をまとめ始めた。

屋敷で過ごした幸せな日々が頭に浮かぶたび手が止まってしまうが、切ない気持ちを振り払い作業を再開する。

大丈夫。離れればきっといつか、この寂しさと愛しさを忘れられるはず……。

何度もそう自分に言い聞かせて、黙々と手を動かした。

そうして迎えた翌朝、私は精一杯の演技で、いつも通りに明るく振る舞った。

「ビクトリアさん、具合はどうです?」

「一晩寝たら、すっかり元気になりました」

「良かった。ですが、無理しないように。なにかあれば、すぐに相談してください」

向けられる優しい眼差しと気遣ってくれる姿に、「あぁ、好き」という気持ちがこみ上げる。

アシュレイは、まだ私の気持ちの変化に気付いていないようだった。

出ていこうと決心したはずなのに、私の演技力をもってすれば、このまま隠し通せるのでは……という、よこしまな考えが頭をよぎる。

（いいえ、それは絶対ダメ）

私は心の中で自分にそう言い聞かせ、玄関に立つアシュレイに尋ねた。

「今日のお帰りは、何時頃になりそうですか？　お話したいことがあるんです」

「話？　急ぎの仕事もないので、いつも通りだと思いますが……どうしました？」

「詳しいことは、その時に」

真剣な顔で告げると、アシュレイは表情をこわばらせた。

私たちの顔を交互に見上げたイアンが、不思議そうに首を傾げる。

「なんか、ふたりとも顔こわい。……はっ！　これが、キャシーの言っていた『シュラバ』？」

妙に鋭いイアンにどきりとして私は目をそらした。

それを目の当たりにしたアシュレイが、愕然《がくぜん》とした様子で「話……修羅場……」と呟く。

「あっ、アシュレイ！　もう行かないと、僕ちこくしちゃう！　はやくはやく！」

イアンに手を引かれ、アシュレイは慌てて屋敷を出ていった。

ふたりを見送った私は自室へ戻り、荷造りの続きをしたのだった。

◇◇◇

「今日は街でトラブルもないし、出動要請もなし！　いやぁ～、平和ってほんと最高っすね～」

部下のジェイクが、鼻歌交じりにご機嫌に言う。

アシュレイが率いる第一騎士団は、街で凶悪事件が発生した時や、隣国の侵攻を受けた時など、重大案件の対処に当たることが多い。

そのため、この部署が暇なのは我が国が平和な証、実に良いことだ。

そんな穏やかな空間でただひとり、アシュレイは険しい顔で悩み続けていた。考えているのはもちろん、ビクトリアのことである。

昨日のパーティで別行動をとったあとから、彼女の様子がいつもと違うような気がしていた。そして、今朝の「話がある」という改まった申し出から察するに、彼女になにかあったのは明白だ。

（原因は十中八九、オスカー殿下がらみだろう）

アシュレイがオスカーを疑うのには理由がある。

パーティで元同僚の近衛騎士が話しかけてきたが、用があるという割に会話の内容が薄く、まるで時間稼ぎをしているようだった。

王族の警護を担当する近衛騎士に命令を下せるのは、あの場ではオスカーただひとり。

おそらく、オスカーは近衛騎士を使って自分たちを引き離し、その隙に彼女を呼び出したのだろう。なにを話したのか気になるところだ。

思案を巡らせていると、部下のジェイクが「隊長、めちゃくちゃ顔こわいっすよ」と話しかけてきた。

「あっ、そーいえば、近衛騎士の友人に聞いたんすけど。隊長がパーティに美女同伴で出席したって噂、あれ本当っすか？」

「ああ」

「えぇ？　うそだぁ、女嫌いの隊長がですか？」

「本当だ」

「くそぉ～。俺、その噂が嘘だって方に賭けてたんすけど、ボロ負けですわ～」

ジェイクが「はぁ～、俺の五万が吹っ飛んだ～」とため息をつく。

アシュレイは呆れた顔で部下を見た。

「ジェイク。お前、上司の噂を賭けの対象にした挙げ句、本人に真偽を聞くなんて図太すぎるだろう。俺相手だから良いが、他の隊長にはやるなよ」

「もちろんアシュレイ隊長以外にはやらないっすよ。俺が世渡り上手なの、ご存じでしょ？」

「そうだな。そんな『世渡り上手』なお前に、ひとつ頼みがある」

耳を貸せとサインを送ると、ジェイクはこちらに近づいてきた。

この詰め所にいるのは信頼の置ける部下ばかりだが、他部署の騎士もいるため用心するに越したことはない。

アシュレイは声を潜めつつ、雑談をするようなさりげなさを装って言った。

「お前、近衛騎士にツテがあるんだろう。オスカー殿下の身辺を探って欲しい」

顔が広く、自他共に認める世渡り上手のジェイクはニヤリと笑った。彼はこの手の情報収集がうまい。その素質を買われ、諜報部隊から引き抜きの話が来ているらしいが、ジェイクは頑なに拒否している。

以前『お前が諜報部に行きたいと言うのなら、止めはしないぞ』と言ったことがあるが、ジェイクは『え〜、嫌っすよ〜。張り込みとか残業多い部署は勘弁っす。俺、仕事よりプライベート優先なんで』と顔をしかめていた。

本人はそんなことを言っていたが、諜報部行きを断っている真の理由は、アシュレイの率いる部隊を離れたくないからだと知っている。軟派な見た目と口調に反し、仲間意識と忠誠心が強い、信頼できる男なのだ。

「了解っす。そのかわり、褒美はマストで。一応、王族の身辺調査する訳ですから、相応の対価をいただかなきゃ。うまい飯とか酒とか」

「分かった」

ジェイクは「やりぃ！」とガッツポーズしたあと「そういや、酒と言えば……」と別の話題をふってきた。

「最近珍しい酒を集めてますよね。なんでです？　隊長、あまり飲まないし、そもそも弱いでしょ？」

ジェイクの問いに、アシュレイは「まぁ、な」と頷いた。

ビクトリアと晩酌をするようになるまで、アシュレイは酒に興味がなかった。酒以外にも、タバコ・女性・ギャンブル・パーティ……高位騎士や貴族の男たちが好む物には、とことん関心がない。唯一の楽しみといえば、イアンの成長を見守ることくらい。

おもしろみのない男だ、味気ない人生だなと、よく同僚や上司に揶揄《やゆ》されたものだ。

自分は一生、他人から見たら『味気なくて勿体ない日々』を送るのだろう。

——そう、思っていたのに。

ビクトリアのおかげで、灰色だった人生が一気に鮮やかさを取り戻した。花が咲き誇るような彼女の笑顔を見ていると、自分も弾むような心地になる。

感情を表に表すのが下手なアシュレイと違い、ビクトリアは喜怒哀楽がはっきりしているから、眺めているだけで楽しい。特に、うまそうに酒を飲んで頬を赤らめている姿はかわいらしくて癒される。

一緒に飲む口実を作るため、アシュレイは騎士仲間に協力してもらい、珍しい酒を集めるようになった。

今も、部下のひとりが「隊長、よろしいですか？」と言って近づいてくる。

「仕事帰りに酒屋へ寄ったら良い物を見つけたので買っておきました。エスポワールっていう銘柄のワインです。領収証はこちらになります」

「かなりの年代物のようだな。ありがとう、じゃあ代金はこれで。釣りはいらないよ」

「はい、また探しておきますね！」

「ああ、頼んだ」

酒瓶の入った紙袋を受け取り、多めに代金を渡すと、部下は「まいどありがとうございます！」と商人のような挨拶をして立ち去った。

隣で袋の中身をのぞき込んでいたジェイクが、いよいよ分からないといった顔をする。

「隊長、屋敷に酒飲み妖怪が住み着いたんですか？」

「酒飲み妖怪って……。イアンの家庭教師をしてくれている女性と、最近、一緒に飲むんだ」

「その人は隊長のあれっすか、恋人なんすか？」

「いや……今はまだ、イアンの先生だ」

「へぇ……『今はまだ』ねぇ……」

にんまりとジェイクが微笑む。悪い顔だ。部下であり友人の彼に隠し事をするだけ無駄だと思い、アシュレイは思いきって悩みを打ち明けることにした。

「今朝、彼女から深刻な顔で『お話したいことがあります』と言われたんだ。なんの話だと思う？」

「俺に聞かないでくださいよ～。でも、そうっすねぇ。普通に考えたら、仕事辞めたいっていうような話じゃないっすか？」

「仕事を……辞めたい……だと……」

確かに最近、副業がかなり軌道に乗っているようで、家庭教師の仕事をやめて専念したいといわれても不思議じゃない状況だ。

（くそ、魔道具屋の店主め、余計なことを）

いや、今は店主に八つ当たりをしている場合ではない。一刻も早く、彼女を引き留める方法を考えなければ。

「転職を阻止するため、まずは雇用条件を見直し、給与アップを提示してみよう。他には――」

そこまで言いかけて、アシュレイはニヤニヤしているジェイクを見た。

「なんだ、その顔は」

「いいえ～。いやぁ、戦場では先手必勝の隊長が、恋愛面では後手に回るんだなぁと思って」

「うるさい。……俺だって、いろいろと策は講じたんだ。だが、ことごとく気付いてもらえず、空回り――。いや、まさか」

自分が恋愛感情を匂わせたから、彼女は仕事を辞めようと思ったのではないか？

ビクトリアは、仕事に私情は持ち込まないと言っていた。にもかかわらず、アシュレイは一方的に想いを寄せ、好意をアピールしてしまった。

（ビクトリアさんは、今まで俺の気持ちに気付かなかったのではなく、気付かないふりをして

いたのだとすれば……俺から向けられる感情が鬱陶しくなり、辞職を決意した……ありえる。十分、ありえる話だ）

アシュレイは浅慮な己の行動を今更ながら後悔し、思わず頭を抱えた。

「ちょ、大丈夫っすか？　隊長？　おーい。あぁ、ダメだこりゃ。完全に落ち込んでる」

ジェイクがなにやら言っているが、返事をする余裕がない。しばらくすると、慰めるように肩をポンポンと叩かれた。

「ま、恋愛なんて当たって砕けろっすよ。くよくよ考えても仕方ない！　実行あるのみ、玉砕覚悟で告白するしかないっすね！」

「ばっ、馬鹿。声がデカい！」

デスクで書類仕事をしたり、雑談しながら情報交換をしたりしていた騎士たちが、一斉にこちらを見た。

「すまない。構わず仕事に戻ってくれ」とアシュレイが言うと、彼らは戸惑った顔をしつつも作業を再開する。

だが、やはり先ほどのジェイクの言葉が気になるようで……。

「おい、隊長が愛の告白をするらしいぞ」

「こりゃビッグニュースだ！　相手は誰だ？」

「あぁ、我らが『独身騎士の会』の希望の星が……」

ちらちらアシュレイの方を見ながら、なにやら小声で会話をはじめた。

（俺は『独身騎士の会』なんてものに入った覚えはないんだが……？）

さっきまで長閑《のどか》だった詰め所が、にわかに騒がしくなった。

「おい、ジェイク」

恨みがましい視線を向けるが、ジェイクはどこ吹く風で聞き流している。

（だが、ジェイクの言っていることにも一理ある。確かに、ここで悩んでいても仕方がないな。玉砕……はしたくないが、誠実に気持ちを伝えよう）

アシュレイは仕事を手早く片付けると、立ち上がった。

「すまないが、午後から休暇を取らせてもらう。あとは――」

「頼んだ」と言う前に、部下たちが「任せてください」と頷いた。まったく、頼もしい仲間たちだ。

「礼を言う。あとは頼んだ」

ジェイクの肩を叩き、アシュレイは家路を急いだ。

去りゆくアシュレイの背中を見送ったあと、ジェイクは同僚たちをぐるりと見渡した。

「さーて、隊長の恋愛成就と玉砕失恋。お前ら、どっちに賭ける？」

「ジェイク、お前は本当に賭け事が好きだな」

同僚の騎士たちは呆れた顔をしつつも、自分が賭ける方を次々に言っていく。

「ったく、全員、恋愛成就を選びやがって。やっぱり賭けは成立しねぇか。みんな、あの人の幸せを願っているんだもんな。……成功を祈っていますよ、アシュレイ隊長」

ジェイクは上司であり友でもあるアシュレイに心からのエールを送った。

◇◇◇

自室で荷造りをしていた私は、一段落してふぅっと額の汗を拭った。

「だいぶ片付いたわね」

私物のなくなった部屋を見渡していた時、コンコンと扉がノックされる。

誰だろうと思いながら開けると、そこにいたのは仕事に行ったはずのアシュレイだった。

慌てて帰宅したようで、額にはうっすら汗がにじみ、わずかに息が乱れている。いつも冷静沈着な彼にしては珍しい。なにか忘れ物でもしてしまったのかしら。

「あれ、アシュレイ様、どうしたんですか？」

アシュレイは質問には答えず、私の背後にある空っぽな部屋を見て「やはり……」と呟いた。

「ビクトリアさんと話がしたくて帰ってきました」

「ええっ⁉　お仕事は……？」

「半休を取りました。今朝言っていた話を聞かせてください」

いつになく真剣なアシュレイに促され、私たちは彼の書斎で話をすることになった。

「急な話で申し訳ございませんが、家庭教師のお仕事を辞めさせていただきたいと思っております」

「理由を教えてください」

「……一身上の都合です」

『貴方のことを好きになってしまったからです』と正直に言うわけにもいかず、あえて濁して伝える。

「待遇の面でしたら改善します。給与もアップしますし、副業に専念したいというのなら、家庭教師の補佐もつけます！　ビクトリアさんの要望はすべて叶えます」

「あっ、いえ、そういう話ではないんです……」

「待遇面の話ではないと？　では俺の言動のせいでしょうか？　嫌なところがあるのなら遠慮なく言ってください。必ず直しますし、もっと良い男になれるよう努力します！」

なんだか、変な方向に話が進んでいるような気がするのは、私だけ？

必死に引き留めてくれる彼に、どう説明すればよいか頭を悩ませていると、アシュレイが低い声で言った。

「まさか、他の男……たとえばオスカー殿下の元に行くつもりですか？」

どうしてここで急に、オスカーの話題が出てくるのだろう？

私がなにかを言う前に、アシュレイが再び地を這《は》うような低い声音で「奴の元には絶対、行かせない」と呟いた。こちらを見つめる表情は真剣を通り越してやや不穏で、瞳の奥にはメラメラと炎が宿っているような気がする。

いよいよ彼は、なにか勘違いをしていると気付き、私は慌てて否定した。

「いいえ、それは絶対にありえません！　実はパーティの時に『戻っておいで』と殿下に言われたのですが、その場で断固お断りしてきました」

アシュレイは陰のある表情から一転、ほっとしたように微笑んだ。

「そうだったんですか。すみません、つい、貴方の周りにいる男どもに嫉妬してしまいました。今後、オスカー殿下のことは任せてください。俺が必ず貴女を守ります」

嫉妬とか、守るとか、そんなセリフを言われたら期待してしまう。好きになってしまったのは申し訳ないが、勘違いさせるようなことを言うアシュレイにも非があると思うのだけれど。

私はつい苦言を呈してしまった。

「アシュレイ様、そんな思わせぶりなこと言われたら、私、勘違いしてしまいます」

「思わせぶり、ですか……。どうやら紳士的にさりげなく言うと、ビクトリアさんには通用しないようですね。では、はっきりと言います」

アシュレイが居ずまいを正し、まっすぐ私を見つめた。

「ビクトリアさん、俺は貴女が好きです。どうか俺と結婚してください！」

「えっ？　……ええっ！　いきなり、結婚⁉」

唐突な告白に、私はひどく驚いた。必死に恋を諦めようとしていたのに、まさかその相手から告白されるなんて……。

信じられない気持ちでいっぱいで、これは夢なんじゃないかしらと疑ってしまう。思わず「嘘……」と呟いてしまった私に、アシュレイは「嘘ではありませんよ」と即答した。

「『恋愛はこりごり』というビクトリアさんの気持ちを尊重して、ゆっくり関係を深めようとしていましたが、もう限界です。俺は貴女が好きです。どうか、辞めるなんて言わないでください。もう貴女のいない日常は想像できない。俺の気持ち、伝わりましたか？」

「ええ、とても……」

誠実な言葉のひとつひとつに胸を打たれ、心が喜びで満たされていく。

こんなに想ってもらえて嬉しく、受け入れたいと思うものの、ジェナの存在がどうしても気になってしまい素直に頷けない。

「まだ、なにか気がかりなことがありそうですね。俺に話してみてください」

優しく促され、私は思いの丈を打ち明けた。

「アシュレイ様の心の中に、まだジェナさんはいますか？　私は……ジェナさんの代わりにはなれません」

「え、ジェナ？　代わり？　なんですか、その話は⁉」

アシュレイが目を丸くして、まるで初耳だと言わんばかりに素っ頓狂な声をあげた。あまりに驚いた顔をするものだから、私まで「え？」と狼狽えてしまう。

「だって、アシュレイ様はジェナさんに片思いしていたんでしょう？」

「してません」

「わっ、私がちょっとジェナさんに似ているから、代わりにしてたんじゃゃ……」

「まったくありません」

「ええ……？　なんでぇ……？」

「それは俺のセリフです。はぁ……こんなバカバカしい誤情報を言ったのは、いったい全体どこのどいつですか？」

正直に「オスカー様です」と白状し、パーティでの一件を語ると、アシュレイは頭痛をこらえるように片手で額を押さえた。

「──あのクソ王子、どこまでも余計なことを」

悪態をついたあと、アシュレイは私の目を見つめ真摯に告げた。

「ジェナは本当に、ただの幼馴染みです。恋心を抱いたことなど、一切ありません！　そもそも俺は、貴女以外の女性は苦手ですから」

俺の母がどんな人か知っているでしょう？　とアシュレイが問いかけてくる。

「母を見てきたせいで、物心ついた頃から俺は女性が……はっきり言って怖いんです。ですが貴女と出会って、人生で初めて恋をした。ビクトリアさんだけが、俺の特別です」

それに――と彼は言葉を続けた。

「イアンも、ビクトリアさんをジェナの代わりにしている訳ではありませんよ。『ママに似ている』と言ったのは、母親のように愛情を注いでくれる人だと認識しているからです」

「そう、だったんですね。……私ってば、悪い方にばかり考えて……」

「俺が言えることじゃありませんが、ビクトリアさんはひとりで抱え込みすぎです。たまには俺を頼ってください。あと、恋人にもしてください」

サラッと告げられた甘い言葉の数々に頬が熱くなる。

「誤解は解けましたか？」

私が頷くと、アシュレイは仕切り直すように深呼吸して告げた。

「俺が恋心を抱いているのは、あとにも先にも――ビクトリアさんだけです。貴女を心から愛しています」

迷いなく告げられる愛の言葉、真摯な想い、注がれる熱い眼差しに、鼓動が早くなる。火がついたように顔から順に全身が熱くなった。

「今まで、そんな素振り全然していなかったくせに……」

「俺なりに、何度も分かりやすくアプローチしていたつもりだったんですけどね。外堀を埋めつつ、じっくり攻め落とそうかと思っていたんですが、予定を変更しました。これからは全力の直球勝負でいきます」

さすが、隣国の侵攻を短期決戦で終わらせた知略の騎士。「外堀を埋める」とか「じっくり攻め落とす」とか、案外策士なのね……。

「私もアシュレイ様のことを好きになってしまったので、契約違反だと思って辞める決意をしたんです。だから、その……直球は、お手柔らかにお願いします……」

あまりの恥ずかしさに、うつむきがちに呟くと、気付けば正面にいたアシュレイが隣に座っていた。

「いつの間に⁉」と驚く私の手を両手で包み込み、やんわり肩を引き寄せ抱きしめられた。

ふわりと、コロンの良い香りが鼻を掠《かす》める。

「俺たち両思いだったんですね。すごく、嬉しいです」

喜びをかみしめるように囁くアシュレイ。ふれあった場所から体温を通じて、愛おしさが伝わってくるようだった。

今まで感じたことのない多幸感に包まれ、ふわふわとした気持ちになる。

彼の腕に抱かれ心地よさに身を委ねながら、私は「夢みたい……」と呟いた。

「私、恋愛はこりごりって言いながらも、心のどこかではずっと、愛し愛されることに憧れていました。でも、父にも愛されなかった自分はきっと、一生ひとりなんだろうなっていう諦めもあって……。だから、今すごく、幸せです」

アシュレイは私を抱き寄せたまま、頷きながら話を聞いてくれていた。

「俺も、同じ気持ちです。君に出会わなければ、こんな喜びは一生得られなかった」

家族の愛に恵まれず、恋とは無縁に生きてきた。私たちは生い立ちも境遇も少し似ている。

互いの孤独と寂しさを埋めるように抱き合ったあと、少しだけ身体を離し、見つめ合った。

熱のこもった彼の瞳の中に、自分の姿が映っている。

引き寄せられるように、私たちは唇を重ねた。緊張で身体をこわばらせる私を宥《なだ》めるように、優しいキスが繰り返される。そして、じんとした甘い余韻を残したまま、柔らかな感触が離れていった。目を開けると、アシュレイは男っぽい色気のある微笑を浮かべていた。

その表情にときめき、身体がさらに熱くなる。

彼の長い指が私の唇を優しくなぞった。

「もう一度、キスしていい？」と窺うように見つめられ、頷くかわりに再びまぶたを閉じた。

額に、頬に、唇に。

「愛している」と切実に囁くような、甘く優しいキスの雨が降り注ぐ。

前世でキスシーンを演じたこともあるけれど……。

彼の口づけは、そんなまがい物とは比べものにならないほど、情熱的で愛情のこもったものだった。

アシュレイは名残惜しそうに身体を少しだけ離すと「そういえば」と呟いた。

「ビクトリアさんに渡したい物があるんです」

そう言って立ち上がり、デスクから小箱を取り出してきて、私の目の前にそっと置いた。

「貴女にこれを。どうぞ開けてみて」

私は綺麗にラッピングされた箱のリボンを外し、蓋を開ける。

「これって……」

中にあったのは、魔道具店で私が買おうか悩んでいたブローチだった。

どうせ着けていく場所もないからと購入を諦めたが、もういちど見るとやっぱり素敵。

「ありがとうございます。このブローチ、実はすごく好みだったんです。私が欲しがっていたの、知っていたんですか」

「ええ、店でジーッと見ていたでしょう？　気に入ったのかなと思って」

「ばれていましたか」

「『女性のささいな仕草を観察して心を察するのが、一流の紳士』でしょう？」

以前、ダンスレッスンで私がイアンに教えた紳士の極意だ。

得意顔で「ちゃんと覚えていたんですよ」と話すアシュレイに、私はふふっと笑った。

「えっ、なんで笑うんです？」

「だって、今のアシュレイ様、褒めて欲しいときのイアン様にそっくりだったから」

「六歳児と一緒にされるのは、ちょっと複雑なんですが……」

カーディガンにブローチの針を通そうとするが、金具が固くて上手につけられない。四苦八苦していると「俺が」と言って、アシュレイがすらりとした長い指で器用につけてくれた。

自然と近くなった距離に鼓動がさらに早くなる。

「できた。とてもお似合いです」

見おろすと、胸元で青い宝石のブローチがきらめく。

「このブローチは私にとって宝物です。本当に……ありがとうございます！」

感謝を伝えると、アシュレイはふんわりと笑顔になった。そのまま自然と見つめ合い、頬に手を添えられキスに応じようと目を閉じた、その時――。

「ただいまぁ～！　ビッキー」

玄関からイアンの元気な声が聞こえてきた。

私たちはハッとして弾かれたように身体を離した。アシュレイは気恥ずかしそうに咳払いし、私は真っ赤になっているであろう頬を押さえてうつむく。

「ビッキー、どこー？　あれぇ、へんじがない。お部屋もがらんとしてる！　どこぉ……」

「イアン様、私はアシュレイ様のお部屋にいますよ！」

廊下に出て声をかけると、賑やかな足音が近づいてきてイアンが抱きついてきた。

「ビッキー、どこかにいっちゃったかとおもった……」

「驚かせてごめんなさい。私はどこにも行きませんよ」

よしよしと頭を撫でると、泣く寸前だったイアンが安心した様子で顔をあげた。

「あれぇ？　なんでアシュレイがいるの？　わすれもの？」

イアンが不思議そうに首を傾げる。

「ビクトリアさんに話があって、早めに帰ってきたんだ」

「へぇ、そうなんだ！」

イアンは私とアシュレイの顔を交互に見やると、にぱっと笑顔になった。

「ふたりとも仲直りしたんだね。あー、よかった！　やっぱり『シュラバのあとにむすばれるのよ』ってキャシーが言ってたとおりだ！」

なんてませた会話をしているんだと、私たちは思わず顔を見合わせた。

アシュレイがからかうような口調で「結ばれるって、意味分かっているのか？」と尋ねると、イアンが「し、しってるもん！　そんなのジョーシキだもん」とむきになって言い返す。

その表情を見るに、多分意味はよく分かっていないと思う。

イアンのかわいさに、自然と笑みがこぼれた。

先ほどまで辞職を覚悟していたため、目の前の幸せがこれからも続くことに、心の底からほっとする。

「あれれ、ビッキー、おめめ、うるうるしてるよ？　大丈夫？」

「あっ、ちょっと目にゴミが入ったみたいです。大丈夫ですよ」

こみ上げてくる喜びの涙を拭い、私は明るく笑ってみせた。今朝のような作り笑いではなく、本心からの笑顔だ。

イアンもつられたようにニコニコして、アシュレイの足にじゃれついた。

「アシュレイ、ごはんの時間まで僕と剣のれんしゅーしようよ！　はやくはやくっ！」

「分かったよ。すぐに行くから、部屋にカバンを置いておいで」

「はぁい！　お庭でまってるね！　早くきてよ」

床に放り出していたカバンを掴み、イアンが慌ただしく部屋を出ていく。その背中を見送ったあと、私はアシュレイにひとつ相談をした。

「イアン様は賢い子ですが、私たちの関係が急に変わったら、驚いて混乱してしまうと思うんです」

「そうですね……分かりました。あの子には、俺からうまく話します」

「お任せします」と答えたものの、アシュレイはいったい、どんな説明をするんだろう……？

その後、夕食のテーブルセッティングを手伝っていると、庭で剣の稽古をしていたイアンが猛ダッシュで駆け寄ってきた。

「僕すごくうれしい！　幸せカゾクだいさくせんがホンモノになるんだね！　やったー！　ビッキー、だいすき！」

私の腰に両手を回し、すりすりと甘えるように抱きついてくる。

イアンの頭を撫でていると、ダイニングルームにアシュレイが入ってきた。爽やかな笑みを浮かべ、無言でグッドサインを送ってくる。イアンへの報告は、無事に成功したようだ。

だが念のため、私はイアンに優しい口調で尋ねてみた。

「イアン様、驚いてしまいましたよね？」

「ううん、ぜんぜん！　だってずっと前から、アシュレイがビッキーのこと好きだって、僕はピンときてたから！」

「ええっ⁉　そうなんですか？」

「気づいてなかったの、ビッキーだけだよ」

六歳児の冷静な突っ込みに、私は自分の鈍感さを思い知らされた。

がーんとショックを受ける私をよそに、イアンはご機嫌に話し続ける。

「僕、アシュレイとビッキーがケッコンすればいいのになぁって思って、キャシーにそうだんしてたんだ。そしたら、パーティの時にキャシーが『あのふたりがくっつくのは時間のモンダイよ』って。ほんとになってビックリだよ！　やっぱりキャシーはすごいや！」

キャシーちゃんは、私よりも鋭いのかもしれない。

アシュレイに視線を向けると、彼も同じ事を思っていたのか「子供って、俺たちが思っている以上に勘が良いですね」と微笑していた。

「さて、イアンにも認めてもらったことだし、ビクトリアさん、早速指輪を買いましょう！」

「あっ！　僕もいっしょにえらぶ！」

「おふたりは好みが違うから、選ぶのに時間がかかるでしょう？　指輪選びはまた今度。さぁ、そろそろ夕食ですよ。手を洗ってきてください」

アシュレイとイアンが揃って部屋を出ていく。

「やはり婚約指はシンプルにダイヤがいいかな」とか「僕、おっきなキラキラついたやつがいい！」とか。またしても意見の合わないふたりの会話が、ここまで聞こえてくる。

いつもどおりの賑やかなクラーク家の日常。

だけど今は、私の胸元で婚約指輪がわりのブローチがきらめき、そっと指先で触れた唇には、甘やかなキスの余韻が残っている。

「夜ごはん、夜ごはん～。なにかなぁ」

「イアン、廊下を走ったら危ないぞ」

「はぁい！」

ただの家庭教師から、クラーク家の新しい家族に。確かに関係性が変わったことを実感して、私はこの奇跡のような幸福をかみしめた。

だが、その数日後、穏やかな日常を揺るがす事件が起きるとは、この時の私は知るよしもなかった――。

六章　大切な居場所と家族

その日も私は、イアンの学習計画を立てたり副業をしたり、屋敷内の雑用を手伝ったりと忙しなく動き回っていた。

気付けば、もうそろそろイアンが帰ってくる時間。出迎えるため玄関ホールに向かうと、手紙の束を持った執事に声をかけられた。

「あっ、ビクトリア先生、ちょうど良いところに。先生宛にお手紙が届いたんですが、差出人が分からないんですよ」

受け取った封筒の宛先欄には【ビクトリア】の文字、差出人欄は空白だ。

「書き忘れかしら？　読んでみますね。ありがとう」

礼を言うと、執事は一礼して仕事に戻っていった。

その場で封を切り手紙を読んだ私は、次の瞬間、驚きのあまり言葉を失った。

【オマエを許さナイ――。オマエの幸せと大切な人間ヲ、壊してヤル】

「なに……これ……」

手紙を持った手が震える。

飾り気のない便せんに、筆跡を隠すような曲がりくねった字で書かれた悪意ある言葉。

これは紛れもない――脅迫文。

恐怖で頭の中が真っ白になった。寒い玄関ホールに立ち尽くしているせいか、はたまた恐怖のせいか、身体が勝手に震えて歯がガチガチと鳴る。

いったい、誰がこんなことを……。

手紙を握りしめたまま呆然としていると、突然玄関の扉がガチャッと音を立てた。ビクッと肩を跳ねさせ見やると、開いたドアからイアンがぴょこっと顔を覗かせた。

「ビッキー、ただいま！」

無邪気な笑顔に、ほっと全身の力が抜ける。

恐怖に支配され、まるで石化したように動かなかった頭と身体が活動を再開した。

一目散に走ってくるイアンを抱きとめて、私は「おかえりなさい」とほほ笑んだ。

「あれ、ビッキーの手すごく冷たい。風邪引いちゃうよ」

「そうですね。イアン様のほっぺたも冷たいです。お外、寒かったですか？」

「うん。風がピューッてふいてさむかった」

「じゃあ、温かい飲み物を淹《い》れますね」

「僕は、はちみつミルクティーがいい！」

「分かりました」

廊下を並んで歩いていると、私はイアンの歩き方に違和感を覚えた。

右足を引きずっているような気がする。

注意深く観察していると、右足を地面につけた瞬間、イアンがちょっと顔をしかめた。

怪我を隠すのは、私に心配をかけたくないから？

それとも、学校で誰かに虐められた？

もしくは——。

【オマエの幸せと大切な人間ヲ、壊してヤル】

一瞬にして、全身の血の気が引いた。

「イアン様、ちょっとここに座ってください」

「ん？　うん、わかった」

イアンを急いで居間のソファに座らせ、目線を合わせて尋ねる。

「その右足どうしたんですか？」

「足？　ええっと……。ビッキー、顔怖いよ。どうしたの？」

私はイアンのズボンの裾をまくって右足を確かめた。傷は見当たらないが、そっと触れると、イアンが「いたた」と顔をしかめる。急いでタオルを水で濡らし、足首を冷やしながら再び問いかけた。

「大事なことなので教えてください。この怪我、どうしたんですか？」

「大したことないよ」

「イアン様」

「……ビッキーに早く百点のテスト見せたくて、走ったんだ。そしたら足くじいた。ちょっと痛いだけなのにぃ、おおげさだよ」

「突き飛ばされたりは」

「してないよ」

「知らない人に、なにか変なことされたり――」

「されてない！　今日、僕が会ったひとで一番ヘンなのはビッキーだよ。どうしちゃったのさ？」

良かった……脅迫文の犯人に危害を加えられた訳じゃないんだ……。

イアンの返事を聞いた私は安堵のあまりその場にしゃがみ込んだ。腰が抜けてしまったのか、立ち上がることができない。倒れ込むように座り込んだ私を見て、イアンが泣きそうな顔で狼狽える。

「ぐあい悪い？　お医者さんよぶ？　あっ、シツジさんに言って、アシュレイに帰ってきてもらお！」

「ちょっと、めまいがしただけなので、大丈夫ですよ」

にっこり笑って安心させようとしたが、イアンは首を横に振った。

「ママも、いっつも『だいじょうぶだよ』って言ってたけど、急にたおれて……それからすぐに死んじゃったんだ。だから、大人のひとの『だいじょうぶ』はしんじないって、僕はきめてる」

「イアン様……」

「ビッキーはいま、だいじょうぶじゃないって顔してる。でも、僕はなにしてあげればいいか分かんないから、アシュレイをよぶ。いいよね！」

必死に私を助けようとしてくれるイアンの姿に、泣きそうになる。

いつの間に、この子はこんなに頼もしくなったんだろう。

素直に「はい」と従うと、イアンが「うん、よろしい」と大人ぶった口調で言った。

頼もしいイアンのおかげで、だいぶ冷静さを取り戻せた。

脅迫文は私宛に届いたが、犯人の目的が本当に私だけとは限らない。怯えて、狼狽えている暇なんてない。アシュレイの婚約者として、イアンと屋敷の人々をなんとしてでも守り抜かなきゃ。

私は、アシュレイ宛に早馬を出すよう執事に頼み、さらにクラーク邸の警備を強化するよう門番や守衛に注意喚起した。

テキパキと動き回り、できるかぎりの防衛策を講じた途端、疲れがどっと押し寄せてきた。

ぐったりとソファに座り込む私を見て、イアンはいよいよ具合が悪いと思ったらしい。

「ぐあいの悪い人はねなきゃダメ！」

かわいらしい顔を精一杯険しくして、強引に私をベッドに寝かしつけた。

「私、体調が悪いわけじゃないんですよ」

「起きちゃダメ！　僕がトントンしてあげるから、アシュレイが帰ってくるまで良い子で寝てて！」

イアンはすっかり看病モードだ。いつも私がするように、（絶妙に音程が外れている）子守歌を歌ったり、（不器用な手つきで）頭を撫でたりして、私のことを寝かしつけ始める。

「なんだかお父さんみたいですね」

「そう？　へへっ、ビッキー。いい子、いい子……」

私を寝かしつけるうちに、自分も眠くなってしまったのだろう。次第にイアンの目がとろんとしてくる。そしてしばらくすると、私の隣にもぞもぞ潜り込んできて、腕の中でこてんと寝落ちしてしまった。

毛布をかけ直すと「あしゅれー、びっきーをまもってぇ……」と寝言をいう。

愛らしい寝姿に私はふふっと笑って、イアンを優しく抱きしめた。

そうしているうちに、いつの間にか眠ってしまっていたようで、頭を撫ぜられる感触で意識が浮上した。

目を開けると、イアンを抱きかかえ部屋を出ていくアシュレイの後ろ姿が見える。ベッドから起き上がり身なりを整えていると、戻ってきたアシュレイが私の身体を優しく抱きしめた。

「執事から大まかな状況は聞いたよ。倒れたって？　医者を呼ぼうか？」

「大丈夫です。お仕事中だったのに、急に呼び出してごめんなさい」

「気にしないで。君以上に大切なものは、俺にはないから。それで、例の脅迫文は今どこに？」

私は引き出しに仕舞っておいた手紙を手渡した。

アシュレイは真剣な顔で隅々まで見聞し、なにか分かったのか深く頷いた。

「すぐに犯人を見つけるよ。屋敷の護衛も増やしたから安心して」

事件の手がかりは、たった一枚の脅迫文。

便せんは庶民が使う市販の物だし、前世のＤＮＡ検査や指紋照合のような技術はない。

正直、犯人特定の手がかりが少なすぎるように思えるのだけれど……。

「君とイアンは必ず俺が守る。犯人には指一本触れさせない。家族も守れない男が騎士を名乗れないからね」

私を安心させるように、アシュレイが爽やかに、そして余裕たっぷりに微笑んだ。

「すでに精鋭チームを招集しているんだ。早期解決してみせるよ。俺を信じてくれる？」

力強く頼もしい言葉に、不安がすっと消えていく。

「もちろんです！」

その後、アシュレイの指揮により、屋敷周辺にはすみやかに警備騎士が配置され、襲撃に備えた厳戒態勢が敷かれた。

クラーク邸には彼の部下である精鋭騎士たちが集結し、捜査本部が設けられている。

集まった部下たちをぐるりと見渡して、アシュレイが告げた。

「犯人は、騎士の屋敷に脅迫文を送ってくるような人間だ。よほどの考えなしか、もしくは捕まらないという自信があるのだろう。各自、警戒を怠らず捜査に当たってくれ」

アシュレイの言葉に、騎士たちが「はい」と真剣な面もちで頷いた。

その時、部下のひとりが「隊長、ひとつ質問いいっすか？」と挙手する。

「どうした、ジェイク」

「なんで騎士団じゃなく隊長の家で会議するんすか？」

「俺の見立てでは、犯人は貴族の可能性が高いと踏んでいる。騎士団には貴族出身者も多いため、捜査を妨害されないようここを選んだ」

「貴族っすか？　その根拠は？」

「手紙に付着した、微《かす》かな『匂い』だ」

「匂い？」

その場の誰もが怪訝《けげん》な顔をする中、アシュレイが「ビクトリアさん」と私を呼び、質問を投げかけてきた。

「社交界では、手紙や招待状に香水を振りかけるのが流行《はやり》なんですよね？」

「ええ。上位貴族であればあるほど、市販の香水ではなく、調香師に依頼して一点物を作る傾向にあります」

私の返答を受けて、アシュレイが部下に向き直る。

「この脅迫文も、便せんからは匂いがしないものの、インクから微かな香水の香りがする」

「あ〜、なーるほど。普段、匂いつきの便せんに文字を書いているせいで、インクに香水の香りが移った。そういうことっすかね？」

「俺はそう推察している。加えて、この手紙は新聞の切り抜きではなく崩し文字で書かれている。香水と筆跡。まずはその二点から犯人を特定していこうと思う」

「だから警察犬を連れてこいって俺に指示したんすね！　そういうことなら、お任せを！」

ジェイクが意気揚々と立ち上がり、部屋の隅で大人しく伏せっていた警察犬の頭を撫でた。

「ジョン、出番だぞ！　お前のその抜群の鼻で、犯人をさくっと見つけてくれ！」

ピンと耳を立たせたシェパードが脅迫文に近づき匂いを嗅いだ。そして、各方面からかき集めてきた貴族の手紙や招待状、公文書が積み上げられた机へ向かう。

一枚嗅いで、違ったらフンと顔を背け、次の紙を確かめる。

一連の流れは非常にスムーズで、まるで人間の言葉が分かっているかのような無駄のない動きだった。とても賢いうえに集中力もあるのか、ジョンと呼ばれたシェパードは黙々と手紙の検分を続けている。

「では、筆跡の方は僕が」

そう言って、別の騎士が脅迫文の筆跡を鑑定する。

「彼は、捜査班の中でも腕利きの筆跡鑑定士なんだ」

アシュレイが私の元に来て説明してくれる。

「ここにいる騎士は、優秀な者ばかりだ。犯人は決して逃さない」

早期逮捕してみせるという言葉通り、捜査は順調に進んでいるようだった。

騎士たちは「隊長の婚約者に脅迫文を送るなんて許せねぇ」、「せっかく恋愛成就したのに、隊長の幸せを邪魔されてたまるか」と口々に言い、「絶対逮捕するぞ！」「おーっ！」と一致団結している。

彼らの士気と熱意はすさまじく、アシュレイがどれほど部下から慕われているのかよく分かる光景だった。

頼もしい様子に見ているだけで不安が和らぎ勇気づけられる。

「ビクトリアさん。念のためだが、脅迫文を送ってきた相手に心当たりは？」

「心当たり、ですか……」

正直、ないと言えば嘘になる。

高位貴族の令嬢というだけで、妬みやひがみの対象になることもある。

だがあの脅迫文には、単なる嫉妬ではなく、強烈な悪意が込められているように思えた。

最近、話をした相手といえば……。

――『どんな手を使ってでも、君を必ず僕のものにしてみせる』

別れ際、オスカーに告げられた言葉が蘇った。

彼から向けられた執着の眼差し、脅し文句のようなセリフの数々に、ぶるりと鳥肌が立つ。

「先日のパーティで、オスカー殿下のお誘いを完全拒否したので、恨まれた可能性はあると思います。他には、特にこれと言って思い当たることはありません」

腕組みして考え込むアシュレイのそばに、ジェイクという軟派な見た目の騎士が近寄ってきた。

彼は私と視線が合うと、人なつっこい笑みを浮かべる。

「貴女が噂のビクトリアさんですか。はじめまして。ちょっと隊長、お借りしますね」

噂って、なんの噂だろう……？

不思議そうにする私に構わず、ジェイクはアシュレイに向かって「例の監視の件ですが」と報告を始めた。

「『あの方』の情報収集をする過程で、ひとり、今回の事件で疑わしい人物が浮上しました」

「分かった。詳しく話を聞こう」

お邪魔かと思いその場を離れようとした時、背後でギィーという音がした。見ると、薄く開いた扉の隙間からイアンが顔を覗かせている。

見知らぬ大人たちが屋敷に集まっているから、不思議に思っているのだろう。

「私はイアン様といますね。なにかあれば声をかけてください」

駆け寄ってきたイアンを抱き留めた私は、アシュレイに一言告げて、大広間を後にした。

「ビッキー、今日はいっしょに寝よーよ。僕がまもってあげる」

守ってあげると言う割にその表情は不安げで、幼いながらも異変を察知しているのだろう。

私は「もちろん」と言い、一緒にベッドに潜り込んだ。

翌朝、起きるとアシュレイたちの姿はなかった。

屋敷の警備にあたる騎士から話を聞いたところ、アシュレイたちは筆跡と香水の残り香により犯人を特定し、逮捕のための証拠固めに向かったらしい。

——それから数時間後、犯人が無事逮捕されたという知らせが届いた。

確かにアシュレイは「早期解決してみせるよ」と言っていたけれど、あまりにも早すぎる逮捕劇に驚いてしまう。

さすが『救国の英雄』の異名は伊達《だて》じゃない。つくづく、すごい人の婚約者になってしまった、と私は実感するのだった。

◇◇◇

「証拠は上がってんだよ」

殺風景な取調室に、唸るようなジェイクの低い声が響き渡る。

室内には簡素なテーブルと椅子が二脚。

一脚にジェイクが浅く腰かけ、正面に座る犯人を鋭い眼光で睨みつけている。

「エリザ・バークレー。あんたは昨日、クラーク男爵邸の住み込み家庭教師ビクトリア・キャンベル氏に脅迫文を送りつけた」

ふん、とエリザがふてぶてしく顔を背ける。

「あんたの行いは立派な脅迫罪だ。だんまり決め込んで逃げられると思うなよ」

「……ふぁあ～」

今度は、さらにふてぶてしく欠伸《あくび》をした。

かれこれ三十分近く取り調べをしているが、エリザは黙秘を続けている。さっきからなにも語らず、偉そうな態度でぼんやり宙を見つめるだけだ。

腕を組み壁にもたれて取り調べの様子を見ていたアシュレイは、部屋に入ってきた部下に耳打ちされ「分かった」と応えた。

「ジェイク、交代しよう」

そう言って肩に手を置くと、ジェイクは苛立ちまぎれに頭をガシガシとかき「たのんます」と呟いて立ち上がった。

今度はジェイクが壁に寄りかかり、かわりにアシュレイが椅子に座ってエリザを見すえる。

（エリザ・バークレー。そちらが沈黙するのなら、こちらにも考えがある。俺の大切なビクトリアさんに言い知れぬ恐怖を与えた罪、償ってもらうぞ）

アシュレイは静かな声で、口を閉ざすエリザに語りかけた。

「どうやら俺たちには、なにも話していただけないようなので、別の方をお呼びしました」

「………………」

「おふたりでゆっくりお話しください――お通ししろ」

ジェイクが取り調べ室の扉を開く。

「オスカー殿下……！」

エリザは愕然とした面もちで、目の前に腰かけた婚約者を眺める。

「どうして……殿下がここに……」

「その理由は、自分が一番よく分かっているんじゃないのか？　正直、君にはガッカリしたよ」

「……待って……私は悪くない……なにもしてないの……」

「騎士団の報告書をすべて読んだよ。インクに付着していた香水は、君が調香師に依頼して作らせた一点物。筆跡も君のものだ。それに部屋を調べたら同様の脅迫文が大量に出てきた。今日も明日も明後日も、送りつけるつもりだったんだろう？」

「そ、れは……」

エリザは弁明しようとしたが、適切な言葉を思いつかなかったのか、口を半開きにしたまま視線をさまよわせる。

そして潤んだ上目遣いでオスカーを見つめ、甘ったれた声をあげた。

「だってぇ、寂しかったの。貴方は私の婚約者なのに、なにかあればすぐにビクトリアの名前を出すでしょう？　あの女がいるから、オスカー様は私を見てくれない。腹が立つのは当たり前よっ！」

オスカーはなにも言わず、軽蔑したように婚約者を見つめていた。

「ちょっとした出来心だったの。手紙を一通送ったくらいで逮捕とか大袈裟だわ。悪口なんてみんな言っているし、もっとひどい虐めをしている人間は、たくさんいるじゃない。なのになんで私だけ？　おかしいわ！　私を逮捕するなら、みんな捕まえなさいよ、無能騎士！」

キャンキャン吠えられ、アシュレイは苦笑をこらえるのに必死だった。

（これが未来の第二王子夫人か……世も末だな）

宮廷侍女であれば「みんな」と一緒になって陰口を叩いても問題にならなかったかもしれない。だが、王族ともなれば話は別だ。

国の頂点に立つ者として、責任ある態度と理性、道徳心が求められる。

ちょっと腹が立ったから衝動的に。みんなやっているから私も許される。そんな言い訳は通用しない。

自分の非を認めず、自制も更生もしないエリザは、明らかに未来の第二王子夫人にはふさわしくない。そして、そんな女性を伴侶に選んだオスカーもまた、アシュレイから見て王子の器ではなかった。

（さて、オスカー殿下はこの事態にどう収拾をつけるおつもりかな）

お手並み拝見とばかりに、アシュレイは壁にもたれたまま事の成り行きを見守る。

ぶつぶつと不満を垂れ流すエリザを前にして、オスカーはようやく口を開いた。

「エリザ、僕たち終わりにしよう」

「………………え？」

「罪を犯した者が、王族の一員になれる訳ないだろう。君とはここでお別れだ」

「いや……まって。なにそれ……ねぇ、待ってよ……」

「エリザ・バークレー。君に、婚約破棄を言い渡す」

「………嘘……そんなの嘘よ」

「正式な通知は、王宮から君の実家に送る。それじゃあ僕はこれで」

「――ッ！　待ちなさいよッ‼」

立ち上がりかけたオスカーの腕を、エリザがとっさに掴んだ。先程までのしおらしい態度は見る影もなく、豹変《ひょうへん》した彼女は悪魔のごとき形相だった。

「全部あたしのせいだって言いたいの？　馬鹿にするのもいい加減にしてよ！」

「な、なんのことだ。おい、そこの騎士、この女を止めろ！　いだっ、いだだだ！　腕が痛い！　離せっ！」

「あたしがなんでビクトリアに苛つくか分かる？　元はと言えば、全部あんたのせいよ馬鹿王子！」

「はぁ⁉　僕のせいにするな！」

「うるさい！　あんたがいつまでも『ビクトリアだったら～』とか未練がましいこと言うからでしょ⁉　昔の女と比べられるたび、あたしがどんなに惨めな思いをしたか」

「君がビクトリアになにもかも劣っているのが悪いんだろう⁉　わがままで品がなくて、公務もまともにこなせやしない。比べられるのが悔しかったら、もっと努力したまえよ！」

「努力ですって？　ルイス殿下の足元にも及ばない人に、言われたくないわ。出来損ないのくせに偉そうなこと言わないでよ」

「兄の話を持ち出すなッ！　さっきから言わせておけば……。脅迫罪なんて生ぬるい。おい、そこの騎士、この女を不敬罪で処刑しろ！」

取調室は、痴情のもつれで修羅場と化していた。

騎士たちが慌てて部屋に入ってきて、罵り合うふたりを必死に制止する。

仮にも一国の王子と元婚約者が、取調室で喧嘩するとは。馬鹿馬鹿しくてめまいがしそうだ。

オスカーはエリザの腕を乱暴に振りほどき、椅子を蹴飛ばして立ち上がった。

「これ以上、話すだけ無駄だ。もう顔も見たくない！　直ちに王宮へ行き、父上にすべてを報告する。アシュレイ・クラーク、ついてこい」

オスカーは一方的に命じると、取調室を出ていった。アシュレイはその場を部下たちに任せ、彼のあとを追う。

ふたりはしばし無言で歩き、静かな廊下にオスカーの苛立ち紛れの靴音だけが響き渡った。

「ビクトリアは今、お前の元にいるのだろう？　いい加減、彼女を解放しろ」

口火を切ったのは、アシュレイの前を行くオスカーだった。

「別の女を想っているくせに、ビクトリアを引き留めるなど、不誠実な行為はやめたまえ」

「なにを勘違いされているのか存じませんが、彼女とは結婚を前提に交際しております」

「……結婚、だと？」

オスカーがぴたりと足を止め振り返った。

「あれは僕の物だ」

一方的に婚約破棄して彼女を傷つけた張本人が、今更なにを言っているのか。あまりにも身勝手な言い分に、苛立ちをとおり越して呆れ果てる。

「ビクトリアさんは、殿下のものでも、俺のものでもありませんよ。彼女の人生は彼女自身のものです」

剣呑な眼差しを正面から受け止め、アシュレイは毅然と言い放った。

「ビクトリアさんのことを想っているのならどうか、彼女の平穏な日常をこれ以上、壊さないでください」

オスカーはなにも言い返せず、眉間に盛大なしわを刻み、ぐっと押し黙った。

「彼女の話は、これで終わりにいたしましょう。さあ、殿下。王宮へ参りましょうか」

「……っ！　もういい！　貴様は来るな！」

完璧なエスコートで出口へいざなうアシュレイを振り払い、オスカーは取り巻きの近衛騎士を引き連れて立ち去った。

アシュレイは、癇癪をおこした子供のようなオスカーの背中を眺めつつ、今後この馬鹿王子がビクトリアに近づかないよう、一層の警戒と対策をしなければと心に決めたのだった。


その後、エリザの起こした事件は内々で処理されることになった。

第二王子の婚約者が脅迫騒動を起こしたという醜聞が広まれば、王族の面目は丸つぶれだ。王室の権威を保つため、エリザは体調不良により婚約を辞退し、生家に戻り療養すると表向きは報道された。

しかし、実際のところ彼女に言い渡されたのは「生涯、自領から出てはいけない」という事実上の追放命令だった。

万が一、理由もなく領地を出たり、王室に不利益な情報を公開したりした場合、バークレー家は王命により即刻お取り潰しになるだろう。

分不相応な野望を抱いたエリザ・バークレー。

彼女は、自分で撒《ま》いた悪意の代償として領地に幽閉され、生涯の自由を失った――。

◇◇◇

「王室の評判のために、事実がねじ曲げられるのは許せない……！」

アシュレイが拳を握りしめ、悔しさのにじむ声で言った。

今回の脅迫騒動で一番怒っているのは、私じゃなくて彼だろう。

「エリザ・バークレーは、しかるべき刑の執行を受けるべきだ。なのに、罪に問うことすらしないなんて……。いくら王室の権威を守るためとはいえ、不当だ！」

私は憤る彼を「まぁまぁ」と宥めながらグラスに水を注ぐ。

いつものようにアシュレイの部屋のソファに並んで座り、晩酌を始めたのが三十分ほど前のこと。

あまりお酒に強くない彼は早々に酔っ払い、グラスの中身が水に替わっていることにすら気付いていないようだ。

「ビクトリアさんっ！　もう一杯！」

「はいどうぞ。好きなだけ（お水を）飲んでくださいね～」

ごくごくっと水を飲んだ彼は、とろんとした目で私のことを見つめた。

「今回の件で、いちばん怖い思いをしたのは君なのに。どうしてそんなに穏やかでいられるんだ？」

「多分、私以上にアシュレイ様が怒ってくれるから、なんだかもう良いかなぁって思うのかも。事件が公表されなくてむしろ良かったと思っています」

「どうして？」

「エリザ様のことは許せないけど、再起不能になるまで叩きのめしたい訳じゃないので。それに、私のことも含めて新聞にあれこれ書かれなくてホッとしているんです」

脅迫文を受け取った時はひどく恐ろしかったし、アシュレイとイアンに心配をかけてしまったのも心苦しい。

だが、エリザは『生涯の自由』というかけがえのない物を失った。

牢屋に入らずとも罰はすでに下っている。

それに、オスカーに振り回され、嫉妬に狂った彼女には多少同情の余地もあるため、せめて自領で穏やかな余生を過ごして欲しいと思うのだ。

「彼女も若いですし、いつか反省して人生やり直してくれたら良いなぁって」

「前から思っていたんだが、ビクトリアさんは時々やけに達観している気がするよ」

あははは～、そりゃ、前世の苦い記憶があるものですから……。

「そうですかねぇ。まぁまぁ、そんなことは気にせずに。もう一杯、お酒どうぞ～」

「……なんかこの酒、やけに薄いような……水みたい」

ええ、百パーセントお水ですからね。

すっかり酔って真っ赤になったアシュレイが、まじまじとグラスの中身を見つめる。

私はほほ笑み、彼の肩に頭を乗せた。

「私は、三人で幸せに暮らせればそれで満足です。これ以上の過ぎた幸福も、他人の不幸もいりません」

「……うん。そうですね。俺も、貴女とイアンが幸せなら、それ以上になにもいらない」

アシュレイの唇が私の額に優しく触れる。労るように愛するように。

額からまぶた、頬へと順に口づけが施され――。

最後に、深く甘やかに唇を重ねた。


事件も無事解決し、穏やかな日常が戻ってきた頃、私は依頼されていた録音魔道具を納品するため、魔道具店を訪れていた。

「こんにちは、店長。これが今週の納品分です」

「はいよ、確かに受け取ったよ。ビクトリアさんのおかげで、オリジナル魔道具の売れ行きも好調！　いやぁ、大助かりだ。いつもありがとね」

「私も楽しくお仕事させてもらっていますので、こちらこそ！　あっ、いけない。そろそろイアン様が帰ってくる時間なので、もう行きますね」

「ビクトリアさん、ちょっと待ってくれ。イアン坊ちゃんの誕生日が近いだろう？　これ、持っていってよ。録音魔道具の新作だ」

手渡されたのは手の平サイズのクマ人形型魔道具だった。それも一体ではなく三体。水色、ピンク、白の三色クマさんファミリーだ。

「かわいいですね」

「だろう？　うちの新商品。最近、親子連れのお客さんが多いから、セット販売もしようと思ってさ」

うっかり発注ミスをしちゃう天然な店主だけど、商人としての嗅覚は人一倍鋭い。客層に合わせてさっそく新商品を入荷するとは、やり手だ。

クマ人形は毛がふわふわで手触りが良く、上質な素材でできた品だとすぐに分かる。

店頭販売すればかなりの値段がつくだろう。こんな高価なものを、三体も無料でもらって良いのだろうか。

「いただいてもよろしいんですか？」

「構わんよ。メッセージを吹き込んでイアン坊ちゃんにプレゼントしてやんな」

「ありがとうございます！」

屋敷に戻ると、すでにイアンは帰宅していた。リビングの扉を開くと同時に、満面の笑顔を浮かべて子犬のように駆けてくる。

「ビッキー、みてみて！　理科のテストで満点をとったんだー！」

「すごい！　毎日、頑張って勉強していた成果ですね」

「んふふ～。僕、ごほうびほしいなぁ。前に作ってくれたパンケーキ、たべたいなぁ～」

「分かりました。飾り付けはイアン様の担当？」

「そう！　焼くのはビッキー、僕はお皿にのせるのと食べる係ね！」

「了解です。じゃあ、まずは手を洗ってきてください」

イアンは「はーい！」と言って、ご機嫌に走っていった。

だが私は知っている。テストは一科目だけじゃないことを。

さて、苦手な国語のテストは何点だったのかな？

ソファの上に放り出されたカバンを見ると、紙が数枚はみ出ていた。するりと抜き取ると、やはりそれは他の科目のテスト用紙だった。

「どれどれ、あぁ、やっぱり、国語は四十五点だわ。特訓が必要ね」

僕、国語きら～い、とふてくされるイアンの姿が容易に想像できてしまう。

「パンケーキを食べさせてご機嫌とってからにしましょう。……ん？　これなにかしら？」

テスト用紙の間に別の紙が挟まっており、私はしげしげと眺めた。どうやら自由作文の宿題のようだ。

テーマは【貴方の願い事】についてで、締め切りは今月末。

筆が乗っていないのか、原稿用紙はほとんど空白だった。

そこに綴られていたのは、たった一行。

――ママに会いたい。

二度と叶うことのない、幼い少年の切実な願いだった。


「――ママに会いたい、か」

その日の夜、イアンを寝かしつけたあと、私はアシュレイに例の願い事について相談した。

「ジェナ様が残したメッセージはないんですよね？」

「えぇ、亡くなったのが突然のことだったから」

「そうですか……なんとかして、イアン様の願いを叶えてあげたいんですけど」

とはいえ、亡くなった人を蘇らせる術《すべ》はないし、記録物もない。他に良いアイデアも思い浮かばない、まさに八方塞がり。こめかみを押さえ「うーん」と唸っていると、アシュレイが「あれは？」と机の上にある紙袋を指差した。

「店長から、イアン様の誕生祝いにもらったんです。クマちゃん型録音魔道具、三体セット！

メッセージを吹き込んでプレゼントしてやりな……って……」

メッセージという単語でふと、以前イアンが「ビッキーの声って、なんだかママにそっくり」と言っていたのを思い出した。

あの時はたしか「『イアンだいすきよ』ってママみたいに言ってみて？」とおねだりされ、私が母親のように言うと、イアンは「ママの声だよ、嬉しい！」と飛び跳ねて喜んでいた。

「ビクトリアさん？」

急に黙り込んだ私に、アシュレイが不思議そうな顔をした。


それから数日後、クラーク邸のダイニングルームでは、イアンの誕生日会が開かれていた。

お客様を呼び盛大に祝うのが貴族の風習だが、今回はクラーク邸の人々だけのホームパーティにした。

大切なイアン坊ちゃまの誕生日ということで、みんなやる気満々。

室内はバルーンやタペストリーで飾り付けられ、テーブルの上には豪華な料理が並んでいる。

お誕生日席に座ったイアンは、私お手製の『今日の主役』タスキをつけてウキウキ顔。

メイドが運んできた大きなホールケーキを前にして、うわぁーと歓声をあげた。

みんなでバースデーソングを歌い、口々に「誕生日おめでとう」と祝福の言葉を送る。

イアンは終始にこにこしていた。

そして夜も深まった頃、幸せな余韻を残しつつ誕生会はお開きとなった。

「もう終わっちゃうの。なんか寂しいよ……」

イアンがしょんぼり肩を落とす。寝る時間はとっくに過ぎているが、興奮で目が冴えてしまったみたい。

もうちょっと遊びたいと珍しく駄々をこねるイアンを見て、私とアシュレイはさりげなく互いに目配せした。

「賑やかなパーティのあとって、寂しくなっちゃいますよね。ではイアン様、アシュレイ様のお部屋でもうちょっと遊びましょうか」

「いいの?」

「今日は特別な日だから、少しくらい夜更かししても良いだろう。イアンの好きなボードゲームでもしようか」

「するっ!」

アシュレイの部屋に駆け込んだイアンは、テーブルの上に置かれているクマ人形に気付いた。こちらをくるりと振り返り「もしかして、あれ僕へのプレゼント?」とまん丸お目々で尋ねてくる。

アシュレイが頷くと、わぁ~と言いながらテーブルへ猛ダッシュ。

「クマさん人形、かわいいねえ」と言いながら、ぬいぐるみに頬ずりした。

超絶キュートなイアンが、モフモフのクマ人形を持っている。

あまりのかわいらしさに胸がきゅんとする。

隣を見ると、アシュレイも目尻を下げて微笑んでいた。

「あ、しまった。写真機を居間に置いてきてしまった……」

「それは大失敗ですわ。シャッターチャンスだったのに」

「一生の不覚だよ」

親馬鹿を発動している大人ふたりを軽くスルーして、イアンがクマ人形の背中にある再生ボタンを見た。

私が録音魔道具に音声を吹き込む仕事をしている関係で、イアンも使い方を熟知している。

ボタンが赤く点滅しているのを見て、メッセージが記録されていると分かったのだろう。

「押してもいい？」と尋ねてきた。

「もちろん。イアン様、実は私、作文をたまたま読んでしまったんです。勝手に見てしまって、ごめんなさい」

真摯に謝ると、イアンは「さくぶん？　あ、書くのわすれてた！」と全然気にしていない様子で言った。

「ジェナさんには会わせてあげられないけれど、少しだけでも喜んでもらえたらと思って、声を似せてメッセージを吹き込んでみたんです」

「えっ、そうなの？　ふふん。よし、僕がにてるかチェックしてあげよう」
ワクワク顔のイアンが再生ボタンを押すとすぐに、ザザッというノイズのあと優しい女性の声が流れた。
《イアン、お誕生日おめでとう》
声を聞いた瞬間、イアンが「……すごいや、ママにそっくりだ」と呟き、目を閉じて聞き入る。
《学校は楽しい？　お友達はたくさんできたかしら？　もしかしたら、好きな女の子がいるのかな？》
「うん。好きな子、できたよ」
クマ人形に向かってイアンがちょっと恥ずかしそうに「キャシーっていうんだ」と答える。
《イアンのことをいつも見守っているからね》
「うん……うん……」
《愛しているわ。貴方の幸せを心から祈ってる。ハッピーバースデー、イアン！》
そのひと言を最後に、明るい余韻を残して音声は終了した。
クマ人形の中には他にも、私とアシュレイからのお誕生日おめでとうメッセージも録音しておいた。
すべてを聞き終えたイアンは、再度クマ人形をギュッと抱きしめた。

「この中には、僕の家族がいる！　うれしい。これでもう、さみしくないや」

小さな身体を、私とアシュレイが両方から抱きしめ、私たちはしばらく、セットのクマ人形のように三人で寄り添い合っていた。

「ビッキーとアシュレイ、まいにちロクオンのれんしゅうしてたでしょ？　ありがとね」

「気付いていたんですか？」

「ふふん。この家のなかで僕の知らないことはないのさ！」

イアンは右手で私の手を、左手でアシュレイの手を握り、輝くような笑顔を見せてくれる。

「あっ、作文！　いいこと思いついた！」

ハッとした顔をすると、イアンは白いクマ人形を持って椅子から降りた。

水色クマをアシュレイの膝に、桃色クマを私の膝にそれぞれ置いて、満足げに頷く。

「はい、これふたりのクマさんね。わすれないうちに作文やらなきゃ！　僕、いってくるー！」

嵐のように走り去ったイアンの背中を見送り、私たちは顔を見合わせた。

「……喜んでもらえたかしら？」

「あぁ、とてもね。さて、プレゼントも無事渡せたことだし、改めて乾杯しようか」

アシュレイが立ち上がり、戸棚からグラスとワインのボトルを持って戻ってきた。コルクを抜くと、ふわりと葡萄《ぶどう》の芳醇な香りが立ちのぼる。

思わずうっとり目を細める私に、アシュレイがワインを注ぎながら言った。

「君の誕生日には、良い酒をプレゼントするよ」

「人を酒豪みたいに言わないで。私、お酒はたしなむ程度なので」

「そう？　じゃあ、君の分は少なくしておこうか」

「そんなぁ～！　意地悪しないでください！」

私は、量が多い方のグラスをちゃっかり手に取り、それを見たアシュレイがくすりと微笑んだ。グラスを重ねると、コンと良い音が響き渡る。

互いにワインに口をつけたところで、イアンが部屋に戻ってきた。

「あー、ふたりだけでずるい！　僕もまぜてよ！」

そう言って、定位置である私とアシュレイの間に座る。

葡萄ジュースを手渡すとすぐにご機嫌になって「あっ、そういえば」と私の方を見た。

「僕、ビッキーにお願いがあるんだ」

「お願い？　なんでしょう？」

「僕たちもうかぞくでしょ？　これからはイアンってよんで！」

私が試しに「イアン」と名を呼ぶと、「ふへへっ」と愛らしい笑顔を見せてくれる。

心にぽっと灯りがともるような、温かな気持ちになった。

前世の記憶があって良かったなと、私はしみじみ思う。

前世で培われた演技力がなければ、声真似してイアンにメッセージをプレゼントすることはできなかった。ナレーションの仕事もできなかったし、そもそもオーディオブック風の魔道具を作るという発想もなかっただろう。

青春をすべて仕事に捧げた前世の自分――女優の麗華。

生まれ変わりである私に記憶を思い出させるほど、彼女の未練はすさまじいものだったのだろう。死ぬ間際の彼女の悔しい気持ちは、今でも鮮明に思い出せる。

（でもね、麗華。貴方の努力や仕事で培った演技力は決して無駄じゃなかったわよ。おかげで、今の私はとっても幸せ。だから、ありがとう）

心の中で麗華に感謝すると、胸の内から喜びがあふれ出した。

きっと自分に宿っている彼女の魂も報われたのだろう。

「ビッキー、にこにこしてる！」

「ええ。とても幸せだなぁって思って」

私は大切な家族にほほ笑み返し、夢のような幸福なひとときを噛みしめた。

その後、いつまでも家族三人で仲良く暮らしたいです――と書かれたイアンの作文は、優秀作品として学校の廊下に貼り出された。

だが、帰宅したイアンはなぜかしょんぼり顔で落ち込んでいる。

話を聞けば、余った空欄に「キャシーと結婚できますように」と出来心で書いたのを、すっかり忘れて提出してしまったらしい。

それが廊下に貼り出され、公開告白のようになってしまったのだとか。

誕生日会終わりの深夜テンションで、勢い余って書いてしまったのだろう。

「ぬぁぁぁ、はずかしいよぉ！」と悶絶するイアンを一日かけて慰めたり、キャシーの父・マクガレン大隊長に『お前の家の坊主はませてるなぁ！』と大笑いされたり。

あちこちで色々な騒動が起きつつ、日々は騒がしくも幸せに過ぎていくのだった。

——だが、そんな穏やかな日々は、アシュレイの一言で唐突に終わりを迎えた。

七章　さようなら、救国の英雄殿

「実は、明日から長期任務に行くことになったんだ」

夕食の席で、アシュレイが軽い口ぶりでそう切り出した。

驚いた私とイアンが揃って食事の手を止める。

「ふたりとも、そんなに不安そうな顔をしないで。ただの調査任務だ」

「アシュレイ……ほんと？　キケンじゃないの？」

「危険じゃないよ。行き先は南部の港町だから、なにかお土産を買って帰ってこよう」

心配そうにしていたイアンが「おみやげ！」と目を輝かせる。

「あそこは漁業が盛んだから、干物とかはどうだ？」

「僕、くさいお魚きらいだよ」

お菓子のお土産を期待していたのだろう。干物という渋すぎるチョイスにイアンのテンションは急降下。明るい笑顔から一転、不満げに口を尖らせた。

表情豊かな七歳児に、私とアシュレイは顔を見合わせて微笑んだ。

その後、イアンを寝かしつけた私はアシュレイの部屋を訪ねた。

「調査任務というのは本当ですか？　あの時は、イアン様を不安にさせないように、安全だって言ったんでしょう？」

そう切り出すと、アシュレイは「やっぱりビクトリアさんには嘘はつけないな」と困ったように肩を竦めた。

「俺たち騎士は、時に家族にも話せない任務へ赴かなくてはいけない」

「それが、今回なのですね？」

「詳しくは話せないけれど、正直、安全とは言い難い」

アシュレイは「念のため」と言って、金庫の鍵と、権利関係をまとめた書類を私に託した。

「万が一に備えて、具体的な手続きは家令に任せておいたから。君とイアンには決して不自由な思いはさせない。だから心配しないで……と言っても、無理な話だよね」

私は必死に平静を装うが、不安と動揺で震えが止まらない。それを見たアシュレイがこちらに手を伸ばし、優しく抱きしめてくれた。

私がなにか不安を抱えている時、アシュレイはいつも「大丈夫」という魔法の言葉をかけてくれる。でも今日は、一度もその言葉を口にしていない。

（……それほど、危険な任務なのね）

やっと穏やかで幸せな日々を過ごせるようになったばかりなのに。彼は明日の朝には出立してしまう。どうしてこんなに急に……時間がない……。

アシュレイの胸に抱かれながら、私は意を決して告げた。

「私の愛する男性《ひと》は生涯アシュレイ様だけです。今夜、私を……貴方のものにしてください」

「それ、は……」

揺らめく灯りの下で、アシュレイは驚いた顔をしたあと、切なげに眉を寄せた。

「俺だって今すぐにでも君を……だが、自分に万が一のことがあったらと考えると」

「だからこそです。私の存在を生きる糧にして、どうか無事に戻ってきて」

アシュレイは目を細め優しく微笑むと、吐息ごと奪うように唇を重ねてきた。

別れを惜しむように、互いの存在を刻みつけるように、私たちは深く情熱的に口づけを交わす。

「愛している、ビクトリア」

「はい、私もです」

静かな空間でしばし抱き合っていると、アシュレイが「婚姻届を出しに行こう」と言った。

「婚姻届？　この時間は役所が閉まっているわ」

「大丈夫。任せて」

そう言ってアシュレイが向かったのは、騎士団本部だった。

敷地内には、騎士とその家族だけが利用できる特別な教会があるのだという。

夜遅くにもかかわらず、聖堂では多くの人々が祈りを捧げていた。

通常、入籍するには役所へ婚姻届を出さなければいけないのだが、騎士は特例にこの教会で申請ができるらしい。

婚姻届にふたりでサインをして出すと、驚くほどスムーズに受理された。

シスターに先導され、聖堂の隣にある小さな教会へ足を踏み入れる。祭壇の前に立つと、静寂の中に神父の厳かな声が響き渡った。

アシュレイと私、それぞれが誓いの言葉を述べ、最後に向かい合う。

「それでは、誓いの口づけを」

闇夜の教会に、月明かりが差し込む。

神聖な祈りに満ちた空間で、私たちは生涯の誓いを立てた――。

教会を出てアシュレイの部屋に戻る頃には、すっかり夜も深まっていた。

ベッドに並んで座り、アシュレイに肩を抱かれ寄り添う。ぽつりぽつりと言葉を交わしながら笑い合う、穏やかで心地よい時間が流れる。

任務のためにも早く休んだ方が良いわ――と言いかけて、私は口を噤んだ。

言えば、この時間が終わってしまう。

身勝手だとは思うけれど、もう少しだけ、あと数分だけ、こうしていたい。

その時ふいに、アシュレイが私の薬指を撫でながら「指輪」と呟いた。

「俺が帰ってきたら、イアンと三人で結婚指輪を買いに行こう」

「ドレスを選んだ時みたいに、ふたりで喧嘩しないでね」

「約束はできないよ。俺とイアンは趣味が違いすぎるから」

「この前みたいに一時間以上もかかるのは困るわ。貴方が譲歩してあげて」

「それは無理な相談だな。だって、君は俺の妻だろう。他の男には決めさせない」

「男って……七歳児と張り合うなんて」

冗談で言っているのかと思いきや、アシュレイは真剣な顔をしていた。

「俺は、君が思っている以上に独占欲が強いんだ」

薄暗い部屋でサイドテーブルに置かれた燭台《しょくだい》の灯りが揺らめく。

こちらを見つめるアシュレイの眼差しは熱っぽく、表情は男性的な色気にあふれていた。

「自分の中にこんなに激しい感情があるなんて、君に出会うまで知らなかった。——愛してる、ビクトリア」

手のひらが頬に触れ、長い指がゆっくりと唇をなぞる。

壊れ物を扱うような繊細な指先の感触と、ひたむきに注がれる愛に、私の心臓はこれ以上ないくらい高鳴っていた。

人生の中で、これほど誰かに愛され求められたことはない。一途に想いを寄せられる喜びに心が震えると同時に、彼を失うかもしれない恐怖に駆られ、思わず涙がこぼれた。

次から次へと、止めどなくあふれ出す透明なしずくをアシュレイが指で拭い去り、まるで誓いを立てるように、私の左手の薬指にそっと口づけを落とす。

「君を愛する男は、この世で俺ひとりだ。他の誰にも触れさせないで」

「約束するわ。だからお願い……私をひとりにしないで。必ず帰ってきて……」

「誓うよ。君を悲しませるようなことはしない」

小指を絡めてキスをしたあと、アシュレイは立ち上がりジャケットを脱いで、蝋燭《ろうそく》の灯りをふっと吹き消した。

一瞬にして、部屋が暗闇に包まれる。唯一の明かりは、窓から差し込む月光だけ。

寝台に横たわると、純白のシーツに私の長い金髪が広がり、見下ろすアシュレイの瞳が一層熱を帯びる。

薄暗い真夜中の寝室に、折り重なるふたりの姿が浮かび上がった。


翌朝。身支度を整えたアシュレイはマントを羽織り、腰のベルトに剣を差した。

両手を広げる彼の胸に飛び込むと、いつもより強く抱きしめられる。しばらく別れを惜しむように抱き合っていると、背後から小さな足音が聞こえてきた。

振り返ると、眠い目を擦りながらイアンが階段を下りて近づいてくる。

「ふぁあ、まにあった！　アシュレイ、ケガしないでね」

「うん、気をつけるよ」

イアンの頭を撫でるアシュレイに、私は桃色クマの録音魔道具を差し出した。

「昨夜、イアンと一緒に応援メッセージを録音しておいたの。寂しくなったら聞いてね」

「ありがとう。これでホームシックになっても我慢できそうだよ」

アシュレイは私とイアンをまとめて抱きしめ、それぞれの額にキスをすると、マントをひるがえし、愛馬の上にひらりと飛び乗る。

「それじゃあ、――行ってくる」

颯爽《さっそう》と駆けていくアシュレイの背中がだんだん小さくなり、ついに見えなくなった。

――どうか、無事に帰ってきて。

白み始めた東の空を、私は祈るような気持ちでいつまでも見送った。

◇◇◇

遠征部隊は一糸乱れぬ隊列で、王国南部を目指し進んでいた。

目的地が近づくにつれて、張り詰めた空気がさらに研ぎ澄まされていく。戦《いくさ》前の独特の緊張感に包まれ、アシュレイは手綱を引く手に力をこめた。

（必ず生きて帰らなければ――）

事の起こりは今から少し前。

密偵騎士から、隣国の武装船団が我が国に向けて出航したとの知らせがあった。

前回は地上戦で我が国に敗北したため、今度は海から攻め込もうという算段らしい。

戦争に巻き込まれるのは、豊かな国の宿命だ。魔道石が採掘できる鉱脈を多く持ち、優れた加工技術と職人を有する我が国は、周辺諸国から常に狙われている。

密偵からの知らせを受けた騎士団は、すみやかに迎撃《げいげき》作戦を決行。

アシュレイ率いる第一騎士団も出征《しゅっせい》するよう、上層部から命じられた。

総指揮を執るのは、経験豊富なマクガレン大隊長……のはずだったが。

「よりによって総指揮官がオスカー殿下って、大丈夫なんすかねぇ。一応、マクガレン大隊長が補佐につくらしいですけど、正直、俺は心配っすよ」

馬上から身を乗り出したジェイクが、声を潜《ひそ》めて言った。

「あの人、たしか初陣っすよね？　これまで頑なに戦場に出なかったくせに、どうして今更。しかも、よりによってこの重大な局面で」

「だからこそ、戦場デビューにふさわしいと思ったんだろう」

「あぁ、なるほど。手柄を上げて、なんとか王族の地位にしがみつきたいワケだ」

ジェイクの言葉に、アシュレイは頷いた。

現王には後継となるふたりの王子がいる。文武に優れた第一王子のルイスと、秀でた才はないがプライドだけは高い第二王子オスカー。

幼い頃から乳母と教育係に厳しく躾けられたルイスに対し、オスカーは王妃の手で大切に育てられた、いわば箱入り息子だ。

二十歳を過ぎても一度も戦場に出ることはなく、公務も欠席しがち。国王の決めた縁談を勝手に破棄するなど、王妃の後ろ盾を笠に着てやりたい放題だった。

しかし、ここ最近は状況が変わってきたようだ。

体調の思わしくなかった国王陛下がエリザの事件を耳にしてショックのあまり倒れ、とうとう第一王子ルイスへの生前譲位を決めた。

これにより第一王子派閥の権力は一層強まり、事実上の新国王として王宮に君臨することとなった。

「ルイス殿下は、王妃様とオスカー殿下をことごとく嫌っていますからねぇ。まぁ、長年自分を虐げてきた継母と、ろくに公務もせずに甘い汁ばかり吸う異母弟。恨みはすれど、愛するのは無理な話っすね」

ジェイクの言うとおり、第一王子がまっさきに着手したのは、オスカーの能力不足と不祥事を追求し、王族の地位を剥奪しようと根回しすることだった。

今のオスカーの状況をひと言で表すなら、まさに崖っぷち。なんとか手柄を上げて無能の汚名を返上し、王族の地位にしがみつきたいと考えているに違いない。

さらに、あの野心家な男のことだ。あわよくば兄より優秀だと国中に知らしめ、王位すら狙っているかもしれない。

「なんにせよ、気を引きしめて任務に当たるぞ」

「了解っす、隊長」

司令官が無能だと、勝てる戦も勝てなくなる。我が軍は身内に爆弾を抱えているようなものだ。

(面倒なことにならないと良いが)

胸騒ぎを覚えたアシュレイは、軽く頭を振って前向きに思考を切り替えた。

だが、その悪い予感は見事に的中してしまうのだった——。


戦場となる南部の港町では、地元騎士による市民の避難誘導が行われていた。

海を一望できる場所に野営地が設置され、到着早々、幹部騎士らが天幕に集まり、作戦会議が開かれた。

テーブルの上に広げられた地図と海図を見ながら、白熱した議論が展開される。戦は、刃を交える前の作戦立案で勝負が決まるといっても過言ではない。

それほど重要な会議で、唯一、話についていけていない者がいた。

——オスカーだ。

意見を求められても「あ、ああ……それで良い」と同調するだけで、自ら策を提示することはない。そもそも状況を把握しているのかも怪しいものだ。

相手は曲がりなりにも王子ゆえ、誰も表だって非難しないが、その場にいる騎士は全員「おいおい、こいつ本当に大丈夫かよ」と呆れ果てていた。

「偵察船の報告によると、敵船は少なく見積もって六隻。海霧《かいむ》がひどく遠くまで見通せなかったため、実際はさらに多いと思われる。さらに敵船は巨大戦艦で高性能、攻守共に我が国より優れているようだ」

「さすがは海洋国家。海上で真正面から戦うのは分が悪いな。あえて上陸させ、地上戦に持ち込むか？」

「それは賛成できかねます」と、アシュレイは首を横に振った。

「敵軍を上陸させれば、街は破壊され民を戦闘に巻き込んでしまう恐れがあります。誘導班の報告によると、病人や高齢者、孤児院の子供などの避難が遅れている様子。なるべく多くの敵艦隊を沈め、上陸を防ぐ方向で進めたいものです」

マクガレンを筆頭に、各隊の騎士たちが「そうだな」と頷く。

この戦いは単に勝てば良いという訳ではない。国民の命や住み慣れた家や街を、いかに守り抜くかが大事だ。

それを分かっている騎士たちは、性能の優れた敵船をいかに効率よく、最小限の被害で沈めるかの議論に移り始めた。

だがその時、今まで沈黙を貫いていたあの男が、やけに強い口調で言い放った。

「僕は、アシュレイ・クラークの意見に反対だ！」

賑やかだった天幕の中が、一気にしんと静まり返る。

（……なにを言っているんだ、こいつは）

あまりにも静か過ぎて、そんな騎士たちの心の声が聞こえるようだった。

空気を読まない王子に向かって、マクガレンが恭しく尋ねる。

「理由をお伺いしてもよろしいですか、殿下」

「敵船を沈めてしまっては、戦果が分からないだろう？」

「戦果、ですか……？」

「そうだ。目に見える戦果がなければ、僕の武勲を証明できない。敵兵を陸におびき出し、全員の首を刎《は》ねる。それを一つ残らず回収し報告すれば、この戦がどれほど大変なものだったのか、あまねく国中に知らしめることができるだろう」

――と、オスカーは平然と言ってのけた。

この箱入り王子は知らないのだ。

人の命を奪う恐ろしさも、奪われる悲しみも。命がけで任務に当たっている騎士の中で、この男だけは戦争を盤上のゲームのように軽く見ている。

（なにが武勲だ。己の命をかける気概《きがい》もないくせに）

アシュレイは拳をぐっと握りしめた。

他の騎士たちが「やめておけ」と目で訴えかけてくるが、ここで王子の言いなりになっては多くの犠牲者が出るかもしれない。

それだけは、己の騎士の矜持《きょうじ》が許さなかった。

「恐れながら、殿下に進言いたします」

「なんだ？」

「戦場は、貴方の武勲を証明するための遊び場ではありません」

「──なっ！　貴様ッ、なんて不敬な！　僕はこの作戦の総指揮官だぞ」

「総指揮官ならば、武勲より国民のことを最優先にお考えください。付近には逃げ遅れている者がいます。さらに街を破壊され家を失えば、多くの民が路頭に迷う。勝つだけではダメなのです」

戦いのあとの事もお考えくださいと、アシュレイはまっすぐオスカーを見すえて告げた。

周囲の騎士もみな同調するように頷く。

だが、アシュレイの切実な進言は、オスカーには届かなかった。

「うるさい！　大義を成すためには犠牲はつきものだ。逃げ遅れているのは、どうせ孤児か病人か、老人などの役立たずだろう？　そんな生産性のない輩《やから》など守るに値しない！」

あまりに冷酷かつ倫理観のない言葉に、騎士たちが鋭い視線をオスカーに向ける。

「なっ、なんだ。なにか言いたいことがあるのか!?　まったく！　気分が悪い、外の空気を吸ってくる！」

　さすがに分が悪いと思ったのか、オスカーは逃げるように天幕を出ていった。

「なんなんだ、あの王子は！」

「王族の風上《かざかみ》にも置けないな」

「あれが指揮官で、本当に勝てるのか？」

　怒りと呆れで騎士が一斉に騒ぎ出す。

　近づいてきたマクガレンが、アシュレイの肩を叩いた。

「すみません。こらえきれず言ってしまいました」

「いや、お前が言わなかったら、俺が一発ぶん殴っていた。お前に憎まれ役を押しつけちまって、悪かったな」

「殴るのはまずいですよ。今ここでマクガレン大隊長がいなくなったら、俺たちは無能な指揮官の下で無駄死にすることになります。生きて勝つためなら憎まれ役のひとつやふたつ、喜んで引き受けますよ」

「ったく。そういう正義感の強いところはフレッドにそっくりだな。まさに類は友を呼ぶだ」

「そんなに似ているでしょうか？」

「あぁ、そっくりだ。だから心配になる。お前は死んでくれるなよ、アシュレイ」

　口調は軽かったが、マクガレンの目は本気だった。

「もちろん、死ぬつもりはありません。家族が待っていますから」

「だな。さっさと終わらせて、お互い家に帰らにゃいかんなぁ。それじゃ、俺はふて腐れ王子のご機嫌を取りに行きますかねぇ」

マクガレンはもう一度アシュレイの肩を叩くと、周囲を見渡して言った。

「お前らも自分の天幕に戻って少し休憩してこい。一時間後に再集合だ」

解散の号令と同時に、人々が天幕から出ていく。アシュレイも自分のテントに戻り、椅子に座ってため息をついた。

控えめに言って、状況は最悪だ。

明日の未明には敵戦艦が攻めてくるというのに、民の避難は終わらず、作戦立案も難航している。

さらには指揮官《オスカー》への不信感で、騎士の士気も低い。

せめて敵船を駆逐する有効な手立てが見つかれば、士気も上がるのだが……。

（気分転換しよう）

アシュレイはポケットに入れていた桃色クマ人形を取り出した。背中にある【1】の再生ボタンを押すと、すぐさまイアンの元気な声が聞こえてくる。

『ねぇ、ビッキー、これちゃんとロクオンできてるのかなぁ？』

『ランプが点滅してるから、ちゃんと録《と》れているはずですよ』

『そっか！　あーあー。コホン。こちら家でたいきしてるイアンとビッキーです！　アシュレイ、ケガとかしてない？　カゼひいてない？　ちゃんと食べてねるんだよ！　あと夜ふかししちゃダメだからね！』

『夜更かしするのは、イアンでしょう？』

『ぐうぅ』

いつもアシュレイに注意されていることを、お返しだと言わんばかりに吹き込むイアン。しかし、ビクトリアにやんわりツッコまれて、ぐうの音も出ない様子で唸った。

賑やかなふたりの会話に、自然と口元がゆるむ。

『とっ、とにかく！　ビッキーのことは僕が守るからあんしんしてね！　帰ってくるの待ってるよ！　じゃ、ばいばーい！』

イアンの声が遠ざかり、話し手がビクトリアに変わった。

『私もイアンも、貴方の無事を信じて待っています。――愛しているわ、アシュレイ様』

ザザッというわずかなノイズのあと、音声が終了する。

アシュレイは目を閉じてしばらく心地よい余韻に浸った。

生前フレッドが『どんなに落ち込んでいても家族の声を聞くと元気になれる』と言っていたが、アイツもこんな心境だったのだな……と、身をもって実感した。

――なんとしてでも、帰らなければ。愛する妻と息子の元へ。

決意を新たに立ち上がった時、天幕にジェイクが入ってきた。

「失礼しますよ、隊長」

「普通は失礼する前に声をかけるものだろう。どうした」

「急いでたもんで、すんません。漁村の爺《じい》さんたちが『隊長に話したいことがある』って言ってるんすけど」

「どうします？」

「避難もせず、わざわざこんな最前線にやってきたのか？」

「危険を顧みず訪ねてきてくれたんだ、もちろん会うさ」

「分かりました。――みなさーん、うちの隊長が話を聞くんで、こちらにどーぞー」

天幕に入ってきたのは、現役を引退した元漁師たちだった。

彼らは挨拶もそこそこに、机の上に古びた海図を広げた。

「ここの海は独特の地形をしていましてなぁ。海底がでこぼこしているせいで、こことここ、あとここも、大型船舶は通れないんですわ」

元漁師たちの知識が、不完全な作戦の穴を埋めていく。

説明をすべて聞き終える頃には、アシュレイの頭の中にとある策が出来上がっていた。

「この海については、わしらが一番よぉ知っとりますから。なんぞお役に立てないかと思って、来た次第ですわ。どうでしょ、少しはお役に立てましたかなぁ？」

「ええ。貴方たちのおかげで、良い作戦を思いつきました。この海図、お借りしてもよろしいですか？」

「どうぞどうぞ。持っていってください。この辺はちっぽけな漁村ばかりですが、わしらにとっては大事な故郷なんです。騎士様、どうか守ってくだされ」

「はい。必ずや、皆さんの命と大切な村をお守りします。ジェイク、誘導班を呼んでこの方たちを安全な場所までお連れしろ」

アシュレイは漁師から受け取った秘伝の海図を手に、会議へと戻った。

そこにはオスカーの姿はなかった。マクガレン曰く「ふて腐れておねんねした」らしい。

これから敵が攻めてくるというのに、子供のようにふて寝するとは肝が据わっている。ある意味、大物かもしれない。

無駄な横やりを入れられる前にと思い、アシュレイは早速本題に入った。

「俺に策があるんです。まずはこれをご覧ください」

机の上に広げた海図を、マクガレンをはじめとした騎士たちがしげしげと眺める。

アシュレイは順を追って内容を説明し、仲間と知恵を出し合って作戦を完成させた。

会議の途中、「誘導作戦の指揮は俺が執る」と、マクガレンが自ら名乗りを上げた。

「これは、戦場デビューの王子様にゃ荷が重すぎる仕事だ。海の方はこちらに任せろ。ただ、あのお荷物王子は連れていけねぇ。アシュレイ、お前は陸上の指揮と……」

「殿下のことは俺にお任せを」

「わりぃな。海で敵艦隊とやり合いながら、アレのお守りをするのは、いくら俺でもキツいわ」

鬼の大隊長と呼ばれるマクガレンを困惑させられるのは、この世でオスカーくらいかもしれない。やはりあの王子、意外に大物だ。

最終確認が済んだところで、マクガレンが各隊の幹部騎士をぐるりと見渡した。

「俺から言うことはひとつだ。絶対に死ぬな。テメェの命も守れねぇ奴に、国だの民だのは守れねぇよ。生きて、この国の盾となり剣となれ！」

作戦開始の合図と共に、騎士の気迫に満ちた声が響き渡った。


それから数時間後――。

霧の立ちこめる海の向こうから巨大な敵戦艦が姿を現した。

魔道望遠鏡で敵船を確認したオスカーは、あまりの大きさにその場で無様に腰を抜かした。

側に控えるアシュレイに向かって「な、なんだあれは！」と怯えた様子で喚き散らす。

「我が国の船の三倍はあるじゃないか！　こちらの船など、まるで小魚のようだ……。ほ、本当にお前の策で勝てるんだろうな⁉」

「小魚には、小魚なりの戦い方があるのです」

「――は？　なにを言っているんだ……」

敵船の巨体が轟音《ごうおん》をあげて傾くのを確認して、アシュレイは不敵に笑った。

「オスカー殿下。今から、小魚が鯨を食うところをご覧に入れましょう」

「はぁ？　なんだって？」

海上では、迫り来る敵船が次々と座礁し、我が国の火矢攻撃を為す術なく受けていた。

巨大な戦艦が海の上でごうごうと赤黒い炎を上げて燃えさかる。

だが、敵とて無抵抗ではなかった。多数の艦載砲を打ち鳴らし応戦するが、我が国の船は小回りが利くため思うように当たらない。

そしてついに、敵軍艦は我が国の船にぐるりと包囲されてしまった。

巨大な敵軍艦が、我が国の小・中型船に包囲され炎上する様は、まさに小魚が鯨を食うかのごとき光景だった。

「いったい……ど、どうなっているんだ……？」

眼前の大海原を見つめたまま、オスカーは呆然と立ち尽くしていた。

「作戦どおり、マクガレン大隊長がうまく敵の船を誘導したようです。これから海上部隊が敵船に乗り込み制圧を開始するでしょう」

「……敵の船は、どうして動けなくなっているんだ。いったい、なにが起きている……？」

「この近海は特殊な地形をしており、海底がでこぼこになっております。水深が浅いところと深いところの差が激しく、知らずに大型船が通航すると座礁してしまうポイントが数多く点在しているのです」

　座礁ポイントは季節や天候、潮の満ち引き、風などにも影響されるため、市販の海図はあてにならない。敵がこの一帯の海図と地図を手に入れていたとしても、正しい座礁ポイントを把握するのは不可能だ。

　一方、地元の漁師は、何十年にもわたる調査と知恵、経験により、座礁ポイントを正確に割り出す方法を会得していた。

「我々は漁師の知恵を借り、正確な座礁ポイントを割り出しました。そして、こちらはあえて小回りの利く小型・中型船に乗り込み、敵艦をポイントまで誘導し座礁させる。その後、動けなくなった敵艦に猛攻をしかけるという作戦です」

　オスカーはアシュレイの説明を聞きながら、海を眺め言葉を失っていた。

　燃えさかる敵船から、火だるまになった敵兵が逃げ場を求めて海に落下する。その光景を目の当たりにした彼は、ここに来てようやく戦の恐ろしさを理解したようで、顔面蒼白《そうはく》になっている。

「こっ、この作戦は、お前が立てたのか？」

「発案者は私ですが、漁師たちの知恵があったからこそ実現した策です。民は決して、『死を待つだけの生産性のない輩』ではありませんよ」

　オスカーの失言を引用して告げれば、案の上、彼はふて腐れた顔をした。

「作戦が成功したからといって、図に乗るなよ。お前は、戦争の功績で爵位を得た成り上がり者だ。役に立つのは当然だし、勝たなければお前のような戦争貴族に価値はない」

オスカーの不遜な言葉の数々に、ジェイクが険しい顔になる。アシュレイは、自分のために怒ってくれる部下に感謝しつつ（なにも言うな）と目で制した。ジェイクが眉間にしわを寄せながら口を噤む。

なにも言わないアシュレイに気を良くしたのか、オスカーが鼻でふんと笑った。

「殊勝な態度で結構。さて、これからどうするんだ？」

「敵艦の大半は沈没しましたが、数隻、こちらへ向かってきています。陸上部隊は登って上陸しようとしてくる敵兵を一掃し、背後にある街を守り抜くのが使命です」

「分かった。僕も掃討作戦に参加するぞ」

「すでに陸上騎士部隊が陣を敷き、万全の体制を整えております。殿下が出陣するまでもございません」

遠回しに「余計なことはするな」と告げたつもりだったが、オスカーには意図が伝わらなかったようだ。

これまで散々サボっていたくせに、急に「僕は出陣するぞ」とやる気を見せ、出しゃばり始める。

「手柄もなく王宮に戻れば、兄上に嫌味を言われるからな。——ロジャース。話がある、ついてこい」

オスカーに呼びかけられた親衛隊の男は、どこか緊張した面もちで頷き、共に第二王子専用の幕舎へ消えていく。

ほどなくして、不気味なほほ笑みを浮かべたオスカーと、顔面蒼白のロジャースが戻ってきた。なんの話し合いをしていたのだろうか、嫌な予感に胸がざわつく。

だが問いただす暇もなく、オスカーは自身の専属近衛兵——通称『親衛隊』の面々に出陣を命じた。

危険な前線に王子と親衛隊だけで向かわせる訳にはいかず、アシュレイは指揮をジェイクに一任し、オスカーと共に出撃した。

消化試合的な掃討作戦とはいえ、断崖絶壁の前線では激しい戦闘が繰り広げられていた。

崖をよじ登り襲い来る敵兵。

敵味方入り乱れる混沌とした戦場。

無数の叫びと怒号が飛び交い、辺りはむせかえるほどの血と硝煙の匂いに包まれている。

屍《しかばね》の上を飛び越え、群がる敵兵をアシュレイは馬上から槍《やり》の一振りで屠《ほふ》った。

その時、近場から「ひぃぃっ」という情けない声が聞こえてきた。

見れば、オスカーが馬上でぶるぶる震え、敵兵に向かって「来るなっ、来るなぁ」と叫んでいる。

怖いのなら黙って自陣へ逃げれば良いものを。

悲惨な状況を目の当たりにしてパニックに陥ってしまったのか、オスカーはなぜか前方へ駆けだした。

「殿下、そちらは崖です。危ないのでお戻りください！」

必死に叫ぶが、錯乱したオスカーには届かない。それどころか馬の腹を蹴り、戦場の奥へ奥へと走り続ける。

「チッ、あの暴走王子、なにを考えているんだ」

思わず舌打ちするアシュレイ。だが冷静さは失わず、愛馬を駆《か》って追いかける。

王子を守るはずの親衛隊は、みな練度が低く、己の身を守るだけで手一杯のようだ。

辛うじて親衛隊長のロジャースだけがオスカーに付き従っている。

「殿下、お待ちを！　そちらは崖です！　止まってください！」

ひときわ大きく叫んだその時、オスカーの馬に流れ矢が当たった。

「うわっーー！」

前足を高くあげて馬がいななき、間抜けな声を上げながらオスカーが転げ落ちる。

アシュレイは周辺の敵兵を一掃したのち、崖際でうずくまる彼に駆け寄った。

「殿下、お怪我はありませんか」

「あぁ……大丈夫だよ。――『僕は』ね」

うつむいていたオスカーがゆらりと顔をあげた。目は爛々と輝き、口元にはいびつな笑みが浮かんでいる。

「ロジャース！　今だ、やれ‼」

突如としてオスカーが意味不明なことを叫んだ。

その瞬間、アシュレイの背中に衝撃が走る。次いで、焼け付くような痛みが全身に広がった。

「なに……を……」

振り返ると、そこには青ざめた顔で血の付いた剣を構えるロジャースがいた。

「早くとどめを刺せ！」

再びオスカーが叫んだ。

「申し訳ございません……！　うぉおおお！」

顔面蒼白のロジャースが剣を大きく振りかぶる。勢いよく振り下ろされた一撃を、アシュレイはかろうじて剣で受け止めた。

断崖絶壁で刃を交えたまま、数秒の鍔《つば》迫り合いが続く。

勝敗を決めたのは、ロジャースでもアシュレイでもなく、オスカーの一撃だった。

「証拠が残ると面倒なんだ。まとめて死んでおくれ」

そう言った直後、オスカーが全体重をかけてロジャースの背中を思いきり蹴り飛ばした。

「……！」

痛みで鈍化した身体は衝撃に耐えきれず、突き飛ばされる形でアシュレイはロジャースとも
ども宙を舞った。足場が消え、ふわりと身体が浮く。

（ビクトリア……イアン……）

断崖絶壁から転落しながらアシュレイが最後に見たのは――。

「さようなら、救国の英雄殿」

歪んだ笑みを浮かべ呟く男の姿だった。

◇◇◇

アシュレイが旅立った数日後、敵艦の襲来が新聞で報道された。

隣国からの侵攻に国民は動揺したが『精鋭部隊が既に対応している』という騎士団の発表により、人々は落ち着きを取り戻した。

特に、救国の英雄アシュレイ・クラークへの国民の信頼度は高い。

街を歩けば『英雄がいるなら大丈夫さ！』『アシュレイ様ならきっと、この国を守ってくださるわ！』という市民の声が聞こえてきた。

私もそう信じている。

……けれど、どうしても不安な気持ちは拭えなかった。

「ビクトリアさん、大丈夫？」

正面に座るマクガレン夫人に声をかけられ、私はハッと顔をあげた。

「あっ、少しぼうっとしていました。すみません」

「いいのよ。あら、目の下に隈ができているわ。眠れていないんじゃない？」

「実は、あまり……」

「そうよね。私も主人が初めて前線に出たときは、不安で一睡もできなかったわ」

マクガレン夫人は子供たちの姿を眺めながら過去を語った。視線の先ではキャシーとイアンがキャッキャとはしゃぎ声を上げてカードゲームをしている。

夫人がキャシーを連れてきてくれたおかげで、不安そうな顔をしていたイアンも、今はニコニコご機嫌な様子だ。

「心配だとは思うけど、きちんと食べて寝なきゃ。貴女が倒れてしまったらイアン君が悲しむわ。元気な姿で、帰ってきた夫を迎えてあげなきゃ」

マクガレン夫人の訪問により気力を取り戻した私は、よく食べよく寝て、いつも以上に健康的に過ごすようになった。

侵攻が報道された当初は『アシュレイ、大丈夫かな』と泣きそうな顔をしていたイアンも、明るく振る舞う私につられたようで、いつもの元気を取り戻していった。

そして開戦から程なくして、我が国の勝利が大々的に報じられた。

「ビッキー、はやくはやく！　パレード、はじまっちゃうよ！」

その日、私とイアンは凱旋パレードに来ていた。

街頭は多くの見物人でごった返しているため、私たちはカフェのテラス席でパレードを見守ることにした。

先頭を歩くのは華やかなファンファーレを奏でる楽隊。続いて歩兵や騎馬兵が隊列を組んで行進してくる。

騎馬兵の先頭に立つのは、オスカーだった。多くの兵を引き連れ、一際目立つ白銀の鎧《よろい》と赤いマントをまとっている。その後ろにはマクガレンの姿があった。

「あれ？　アシュレイがいない。どこだろう？」

手分けして探すが姿が見当たらない。

とてつもなく嫌な予感がした。

「ビッキー……アシュレイ、パパの時みたいにせんそうで……」

目を潤ませ、眉をへの字にするイアン。

泣く寸前の少年を抱きしめて、私はとっさに明るく言った。

「大丈夫ですよ、イアン。ヒーローは遅れて登場するものです！　アシュレイ様がいたらオスカー殿下より目立ってしまうでしょう？　きっと王子様に遠慮したんですよ」

「そっか……うん、そうだよね！　じゃあ、はやく帰ってアシュレイをまとう！」

私はにっこり笑ってイアンと手を繋ぎ、カフェを出て馬車に乗り込んだ。

きっと大丈夫……必ず帰ってくる。そう思いながらも、最悪の事態を想像してしまう。

マクガレン夫人から聞いた話によると、騎士が亡くなった場合、騎士団からすぐに連絡がくるらしい。

殉職した騎士の認識票と、遺族への支援金の申請書が送られてくるのだとか。

屋敷に不吉な知らせが届いていたらどうしよう……。

とてつもない不安に駆られながらも、イアンに内心を悟られないよう私は必死に平静を装う。

パレードのせいで渋滞しているからか、それとも心に余裕がないからか、家に着くまでがやけに長く感じられた。

「ただいまぁ！」

「イアンお坊ちゃま、ビクトリア様、おかえりなさいませ」

屋敷に戻ってきた私たちを真っ先に出迎えたのは執事だった。

彼は、イアンがリビングに消えたのを確認して、私にそっと一枚の封筒を差し出す。

「先ほど、早馬で届きました。ビクトリア様宛です」

早馬で届いた知らせ――。

まさか……。

震える手で封筒を受け取り、慌てて内容を確認する。

「これは……」

書かれていたのはアシュレイの訃報でも支援金の申請手順でもなく、戦勝記念パーティの招待状だった。

日時は今日の夕方、場所は王宮の大広間にて。

「私、これから王宮の戦勝記念パーティへ行ってきます。イアン様をお願いしますね」

「戦勝記念パーティですか？　随分と急な開催ですね。かしこまりました。お任せください」

私は身支度を済ませると、王宮へ向かうため再度馬車に乗り込んだ。

前回の戦勝記念パーティは、凱旋パレードの数日後に行われた。

だが今回の開催は、パレード当日。騎士に家族の元へ戻る時間すら与えないなんて、なにかがおかしい。

（あれこれ考えていても仕方ないわよね。王宮に行けばマクガレン大隊長やジェイクさんに会って話を聞けるかもしれないわ）

ガタゴトと揺れる馬車の中で、私はアシュレイの無事をひたすら祈った。

会場に到着すると、ホールには多くの人々が集まっていた。私と同様に、突然招待状が届いて困惑しているようだ。全員、怪訝な顔でパーティの開始を待っている。

辺りを窺っているとマクガレン夫人の姿が目に入り、私は駆け寄った。

「ビクトリアさん、貴女も呼ばれたのね」

「はい、急に屋敷に招待状が届いて。戦勝記念パーティって、こんなに急に開催されるものなのですか？」

「こんなの前代未聞よ。なんでも、このサプライズ開催はオスカー殿下が国王陛下に頼みこんだらしいわ。パーティなんか開く前に、騎士を家族の元へ帰らせるのが先でしょうに」

あの方はなにを考えているのかしら……と夫人が呟く。

その時、「静粛に！」という宮廷役人の声が響いた。

広間の奥にある扉から国王陛下と王妃殿下、ルイス第一王子が姿を現し着席する。

直後、宮廷楽団の奏でる荘厳な曲にあわせて正面扉が開き、騎士が入場してきた。

先頭はやはりオスカー、その後ろに険しい表情のマクガレンが続く。

第一騎士団の中に、やはりアシュレイの姿はなかった。

私の動揺と不安をよそに、式典はつつがなく進んでいく。国王陛下のお言葉、総指揮官オスカーの報告、そして目覚ましい功績を挙げた騎士への勲章授与。

最も栄誉ある勲章を与えられたのは――オスカーだった。

オスカーが陛下の御前に立ったその時、誰かが「恐れながら、陛下に申し上げたい事がございます」と声を上げた。

騎士の隊列から一歩前に歩み出たのはマクガレン大隊長だ。

夫人が「あの人、なにを言い出すの……？」と青ざめる。

「許す。言ってみよ、マクガレン」

「寛大なお心に感謝して申し上げます。此度《こたび》の勝利の大きな要因は、アシュレイ・クラーク第一騎士隊長が立てた策によるものと私は考えております」

同調するように、マクガレンの背後にいる騎士が一斉に頷く。

「彼の策がなければ、最小限の被害で勝利することは不可能でした」

「なんだ、僕には勲章がふさわしくないと言いたいのか？」

横からオスカーが憮然《ぶぜん》と口を挟む。

「だが残念ながら、クラークはこの場にはいない。なぜなら——奴は僕を殺そうとして自滅したんだからな！」

オスカーの発言に、会場中が一気にどよめいた。

「おいおい、嘘だろ……」

「アシュレイ様が殿下を殺害しようとするなんて、信じられない！」

人々が口々に囁き合う。

（……ありえない。アシュレイがそんなことをするはずがない！）

辺りをぐるりと見回したオスカーが、私を見つけた瞬間、勝ち誇ったようにニタリと笑った。

オスカーの実母である現王妃が、息子を案じる母の顔で「どういうことです？」と問いかける。

「父上、母上、お聞きください！　クラークは戦場で乱心したのです！　作戦会議で僕と意見が対立し、奴はひどく憤慨していましたからね。初陣の僕に手柄を取られるのが、許せなかったのでしょう」

オスカーはまるで舞台役者のように、身振り手振りを交えて大袈裟に話し続ける。

「戦場で奴が僕に剣を向けた瞬間、親衛隊長のロジャースが身を挺《てい》して庇ってくれました。彼のおかげで僕は無事でしたが……ロジャースはアシュレイと共に崖から転落してしまった。崖下は荒れ狂う大海原。きっとふたりとも……生きてはいないでしょう」

するとその時、隊列からもうひとり騎士が前に出てきた。

アシュレイの部下ジェイクだ。なぜか片手には、私がアシュレイに渡した桃色のクマ人形を携えている。

「わたくし、第一騎士団所属のジェイクと申します。お話の途中で恐縮ですが、聞いていただきたいものがございます」

「なんだ、それは」

「これは記録のため、作戦会議中の会話を録音した魔道具です」

怪訝な顔をするオスカー。

無言で頷き、ジェイクに許しを与える陛下。

固唾をのんで状況を見守る騎士と聴衆。

「みなさま、よくお聞きください」

大勢の前で、ジェイクは再生ボタンを押した。

しんと静まり返った大広間にオスカーとアシュレイの声が流れる。

《目に見える戦果がなければ、僕の武勲を証明できない》

《総指揮官ならば、武勲より国民のことを最優先にお考えください》

《うるさい！　大義を成すためには犠牲はつきものだ。逃げ遅れているのは、どうせ孤児か病人か、老人などの役立たずだろう？　そんな生産性のない輩など守るに値しない！》

オスカーの愚かな発言の数々に、その場にいた人々は——国王と王妃さえも、眉をひそめた。

自分の利益のため、国民の危険を顧みず、無謀な策を実行しようとしたオスカー。

公衆の面前で、失言と愚策の証拠を垂れ流しにされた彼は、動揺をあらわにして「やめろ！」と叫んだ。しかし国王陛下に睨みつけられ、ぐっと押し黙る。

おそらくこの音声はアシュレイが念のため隠し録りし、ジェイクに託してあったのだろう。

どちらが正義で悪なのか、一目瞭然ならぬ一聴瞭然だった。

「殿下とアシュレイ隊長は確かに作戦会議では対立していました。しかし、お聞きの通り、隊長はこの国のために戦う忠義の騎士です。殿下に剣を向けるなどありえません」

「僕が嘘をついているというのか⁉　もういい！　現に奴はここにいない、それが答えだ。王族への反逆は死に値する大罪。奴だけでなく、その家族も同罪だ」

オスカーは勢いよく振り返り、私のことを指さした。

「衛兵ー！　そこにいるアシュレイ・クラークの妻、ビクトリアを捕らえろ！」

壁際に控えていた衛兵たちが私の周囲を取り囲む。

オスカーが歪んだ笑みを浮かべながらゆっくりとした足取りで歩み寄り、私の耳元で囁いた。

「アシュレイ・クラークもかわいそうな男だ。君と関わったばかりに、命を落とすことになったのだからね。ははははっー！」

「アシュレイ様になにをしたのですか」

「僕はなにもしていないさ。言いがかりはやめておくれ」

「私への復讐のつもりですか？　であれば、恨む相手を間違えていますわ」

「なんだと？」

「婚約破棄して私との関係を終わらせたのは殿下です。恨むべきは、私でもアシュレイ様でもなく、過去の貴方自身です」

毅然と言い放つと、オスカーは怒りで顔を真っ赤に染め上げた。眉間に盛大にしわを寄せ、奥歯をギリッと噛みしめる。

「僕はね、他人に侮辱されるのが大嫌いなんだ。そうやって僕に説教じみたことを言うところが、君とアシュレイはよく似ている。――反吐《へど》が出るよ」

オスカーは小声で口汚く罵ると、衛兵に向かって叫んだ。

「この女を捕らえろ！　処刑日が決まるまで、絶対に牢から出すな！　あぁ、そうだ。クラーク家の屋敷にいる子供も捕らえ、ふたりまとめて牢獄送りにしろ」

（この人、イアンにも手を出す気なの!?　早く屋敷に知らせて逃がさなきゃ）

だが、私を拘束しようとする衛兵の手が伸びてきて身動きがとれない。

（――アシュレイ……アシュレイ……！）

心の中で、愛しい人の名を呼んだ瞬間――大広間の扉が勢いよく開け放たれた。

人々が一斉に入り口を見やる。

あまたの視線に晒されながら、救国の英雄はマントをひるがえし、堂々と広間の中央を歩いた。

頭や手に包帯が巻かれているが足取りは軽やかで、怪我しているものの無事な様子が窺える。

（ああ、良かった。生きて、帰ってきてくれた……）

安堵のあまり私の目から、はらりと涙がこぼれ落ちた。

「アシュレイ・クラーク。ただいま帰還いたしました」

アシュレイは胸に手を当て、王族の前で深々と頭《こうべ》を垂れる。

壮健な姿を目の当たりにしたオスカーは、まるで幽霊を見たかのような驚愕の表情を浮かべていた。

「貴様……なぜ、ここに……」

「殿下に崖から突き落とされましたが、死んでも死にきれず地獄から舞い戻って参りました」

「僕が貴様を崖から突き落としただと？　でっ、でたらめを言うな！　どこにそんな証拠が……」

「証拠ならございます。ロジャース！」

アシュレイが名を呼ぶと、広場にもうひとり騎士が現れた。

その姿を見た瞬間、オスカーの顔が驚きを通り越し、絶望に染まる。顔面からダラダラと冷や汗を流し、「な……なんで……」と掠《かす》れた声で呟いた。

「あの戦場でなにが起きたのか、この者に説明させたいのですが、発言をお許しいただけますでしょうか」

アシュレイの問いに、陛下が物々しく頷く。すると跪《ひざまず》いて頭を垂れた男性騎士が、静かな声で語り始めた。

「オスカー殿下の親衛隊長を務めております、ロジャースと申します。私は……許されざる罪を犯しました」

声を震わせながらも、必死に経緯を話すロジャース。

「殿下に『戦場のどさくさに紛れ、アシュレイ・クラークを殺せ』と命じられた私は、アシュレイ様を背後から斬りつけました。そして争っている最中、突然オスカー殿下に蹴り飛ばされ、アシュレイ様共々、崖から転落いたしました」

オスカーが「でたらめを言うな！」と叫び話を遮る。

だがロジャースも負けじと、事件の真相を語り続けた。

「いいえ、すべて事実です！　拒否すれば家族を殺すと脅され……私には、命令に従う他、選択肢がありませんでした」

オスカーに突き落とされ、崖から転落したかのように見えたふたりだが、間一髪、岩肌にしがみつき、事なきを得たという。

事件の顛末《てんまつ》を話し終えたロジャースは、深く項垂れ「申し訳ございませんでした」と涙ながらに謝罪した。

人々は、事件に巻き込まれたアシュレイとロジャースに深く同情し、悪事を企てたオスカーに怒りと非難の眼差しを向けている。

特に国王は、事態をこれ以上なく重く見ている様子だった。

「お前には心の底から失望した」

「ち、父上！　これは、なにかの間違い……いや、陰謀です！　僕はこの者たちに嵌《は》められ――」

「やめよ。見苦しいぞ、オスカー。王族たるもの、常に民に寄り添わなくてはならない。だがお前は平然と民を貶《おとし》め、失言と不適切な言動を繰り返してきた。王族にはふさわしくない」

「あなた！　確かにオスカーは罪を犯しました。ですが、王族にふさわしくないだなんて……」

愛息子を庇おうとする王妃を、国王がギロリと睨む。

さすがの王妃も口を噤まざるを得なかった。

「オスカーがこのように愚かになったのは、末息子かわいさに甘やかしてしまった我々の責任。最後の沙汰を下すのも、国王として、いや、親としての責務であろう」

「父上……母上……」

玉座に駆け寄ってすがりつこうとするオスカーを、国王が片手を挙げて制する。合図を受けた騎士がすぐさま進路を阻み、身柄を拘束した。

「父上、父上ー！」

オスカーの必死の叫びも虚しく、国王の決心は変わらなかった。

「この国を統べる者として命じる。第二王子オスカーから王族の地位を剥奪し、終身刑に処す」

「そ、んな……嫌だ。なぜ、僕がこんな目に……僕は悪くない！　母上、ははうえ、たすけて！」

騎士に両腕を掴まれ連行されるオスカーは、大広間を出る直前まで『父上！　母上！』と叫んでいた。

パタンと扉が閉まり、悲鳴が徐々に遠ざかる。

涙を流す王妃の隣で、国王が厳粛に告げた。

「他人を虐げ、命を奪うことになんの罪悪感も抱かないとは。己の悪行を自覚できないことこそ、最大の罪である。我が息子の愚かな行動を、民に心より詫びる」

その後、アシュレイがロジャースを訴えないと表明したことにより、彼には特別恩赦が下りた。

そして、戦勝の真の立役者であるアシュレイには、最大の名誉である勲章が授与され、後日褒賞が与えられることとなった。

「騎士の諸君、此度《こたび》の戦、誠に大義であった」

国王陛下の労いの言葉とともに、波乱に満ちた戦勝記念パーティは静かに幕を閉じた——。


「ビクトリア！」

終宴《しゅうえん》と同時に、アシュレイが駆け寄ってきて、私の身体を強く抱きしめた。

「おかえりなさい。無事に帰ってきてくれて……ありがとう」

「ただいま。心配をかけてごめん」

謝らないでと、私は首を横に振った。込み上げる喜びで胸がいっぱいになり、あふれる涙で言葉が詰まる。

私を抱きしめたまま、アシュレイが優しく囁いた。

「俺が生きていられるのは、君のおかげだ」

「私？」

「崖から突き落とされた瞬間、正直、死を覚悟したよ。そんな時、君の声が聞こえた気がしたんだ。――『無事に帰ってきて』って。……生まれて初めて、心から死にたくないと思った。君の存在が俺の生きる理由になったんだ」

「アシュレイ……」

顔を上げ、私は指先でそっとアシュレイの前髪に触れた。額には包帯が巻かれており、消毒液のツンとした匂いに混じって、微かに鉄のような血の匂いがする。

「怪我は大丈夫なの？　お医者様にはきちんと診てもらった？」

「大丈夫、大したことないよ。すぐに治るさ」

「良かった……」

再び安堵の涙が込み上げてきて、私はアシュレイの胸に顔を埋めた。大きな手で頭を優しく撫でられながら、私は再会の喜びを噛みしめる。

すると、少し離れた場所からズビッと鼻を啜る音が聞こえてきた。

視線を向けると、マクガレン大隊長が真っ赤な目でこちらを見つめており、隣にいる夫人が苦笑しながら夫にハンカチを差し出した。

アシュレイは私から身体を離すと、マクガレンに向かって軽く頭を下げる。

「マクガレン大隊長、このたびはご心配をおかけしました」

「ったく、心配したなんてもんじゃねぇぞ！　無事なら報告しろってんだ！」

「オスカー殿下に気付かれないよう秘密裏に帰還したため、事前に報告できず申し訳ございません」

「ダメだ。許さねぇよ」

「ちょっと貴方、なにを言っているんですか！」

たしなめる夫人に構わず、マクガレンは頑として『許さん』と腕組みして言った。

「報告、連絡、相談ができねぇ部下には仕置きが必要だ。つーわけで傷が癒えるまで、お前は家族サービスの刑に処す！　溜まりに溜まった有給休暇、少しは使いやがれ」

「大隊長……ありがとうございます」

「復帰したら、またバリバリ働いてもらうからな！　じゃあ、お疲れさん！」

マクガレンはガハハと豪快に笑うと、夫人を伴って去っていった。

その後、入れ替わるようにジェイクがやってきて、アシュレイに向かって敬礼する。

敬愛する上司の無事を確認して感極まったのか、瞳がわずかに潤んでいた。

「無事でなによりっす」

「ジェイク、お前にも心配をかけたな」

ふたりは言葉少なに互いの無事と健闘をたたえ合い、握手を交わした。

「この録音魔道具は、証拠確認のため少し預からせてもらいますよ。では隊長、良い休暇を」

そう言って、ジェイクはクマ人形を携え、軽く一礼して去っていった。

「俺たちも行こうか」

「ええ、帰りましょう。私たちの家に——！」

それから馬車に乗り込むまでずっと、すれ違った騎士や貴族、市民はみなアシュレイに尊敬と感謝の眼差しを向けていた。

車内でふたりっきりになると、アシュレイは私の肩を引き寄せ抱きしめた。

笑顔の彼を見つめながら、私は思わずふふっとほほ笑む。

「ん？　俺の顔になにかついている？」

「いえ、なにも。ただ、ちょっと昔のことを思い出しちゃって。初めて会った時のこと、覚えてる？　私が階段から落ちそうになった戦勝記念パーティのこと」

「もちろん。それほど時間は経っていないはずなのに、なんだか懐かしいな」

「ええ、本当に。あの時、アシュレイ様ってば、すごく嫌そうな顔で私のことを抱きかかえていたでしょう？」

「嫌そうな顔なんてしてないよ！」

「じゃあ、重かった？」

「いいや、全然。君は羽のように軽かった」

その答えを聞いて、私はまた笑ってしまう。

初めて会った時の彼は無口、無表情、無愛想で、とても話しかけられる雰囲気じゃなかった。

それなのに、今は優しく抱きしめられ、宝物のように大事にされている。

胸の内に、くすぐったいような甘酸っぱいような幸せな気持ちが広がって、私はまたクスクス笑った。

「また思い出し笑い？　どうせ昔の俺は無愛想だったよ」

「もう、拗《す》ねないで。人生なにが起きるか分からないなぁって思っていただけなの」

「それは、俺も同感」

アシュレイは目を優しく細めると、私の顎に指をかけ唇を重ねた。逞しい腕に抱かれ、クラクラするほど甘いキスにしばし酔いしれる。

ガタンと馬車が揺れて唇が離れた瞬間、私は夢から覚めたように目を開けた。

「もう着いたのか。あっという間だったな」

アシュレイの呟きをキスの余韻でぼんやりしながら聞いていたが、イアンが駆けてくるのが見えて、夢心地から一気に覚醒した。

「あっ、あんなに走ったら転んじゃう！」

「ははっ、うちのワンパク怪獣も元気そうで良かった」

アシュレイは軽快な笑い声を上げながら馬車を降りると、私をひょいと抱き上げ歩き出した。

「あ、アシュレイ様⁉　ダメです！　イアンが見ています！」

「別に見られても問題ないだろう？　初めて会った時の名誉挽回をさせてよ」

「だって怪我も……」

「君が暴れると傷が開くかもね。だから大人しくしていて」

そう言われると、動くわけにはいかない。

大人しくなった私を見おろして、アシュレイはさらに楽しそうに笑った。

そんな私たちのもとに、イアンが駆け寄ってくる。

「アシュレイ、おかえり！」

「ただいま」

「へへっ、ふたりとも、いちゃいちゃしてるぅ～」

イアンの言葉に真っ赤になる私と、「そりゃあ夫婦だから」となぜかどや顔するアシュレイ。

私は彼の腕から下りると、イアンを真ん中にして手を繋ぎ、三人並んで屋敷までの道を歩いた。

あぁ……ようやく平穏な日常が戻ってきたと、しみじみ実感する。

隣を見れば、アシュレイも同じ気持ちのようで、口元に緩やかな笑みを浮かべていた。

「あっ、アシュレイ、ビッキー。雪だ！　雪が降ってきたよ！」

空を見上げてイアンがはしゃいだ声をあげながら、雪を両手で捕まえた。

「もう冬か。なんだか、あっという間だったな」

「ほんと、怒濤《どとう》の日々でしたね。イアン、寒くない？」

イアンが「だいじょぶ！」と満面の笑みを浮かべる。

「アシュレイとビッキーがいれば、心がぽかぽか！　だからへいきだよ！」

「ええ、そうね。三人でいればぽかぽかで幸せね」

かけがえのない幸福を噛みしめながら、私たちは笑い合い、温かな我が家に足を踏み入れた。

後日、アシュレイは二度も国を救った功績が認められ、伯爵位と領地、多額の報奨金を授与された。

アシュレイが成功をおさめる一方、私にも新しい仕事のチャンスが巡ってきた。

有名劇団の主催者から、うちの公演に出ないかとスカウトを受けたのだ。

なんでも、録音魔道具のナレーションを聞き、私の演技力や表現力を高く評価してくれたらしい。

『ぜひうちの劇団員に』と積極的に誘われたものの、これからは伯爵夫人として、そしてイアンの母親としての務めもあるため、オファーを受けても良いものか悩んでいた。

『家のことなら俺も協力するし、使用人も増やそう。あまり気負わず、試しにやってみたらどうだい？』

『僕ならだいじょぶだよ！　ビッキーのおしばい見てみたーい！』

ふたりの力強い言葉に背中を押され、私は今世でも女優としての道を歩み始めた。

アシュレイの傷がすっかり癒え、私の舞台公演も無事成功。約束していた結婚指輪も三人で買いに行き、式の日取りも決めた頃、オスカーの母親である王妃が急死したと王室から発表があった。

また、かねてから病の床についていた国王も後を追うように亡くなられ、王室の相次ぐ不幸に国民も喪に服すこととなる。

そんな中、ルイス第一王子が新国王に即位し、年明けすぐに第一子となる王子が誕生。

おめでたいニュースにより、国内の雰囲気は明るさを取り戻していった。

あっという間に月日は経ち、季節は凍てつくような冬から、生命の息吹満ちあふれる春へ。

色とりどりの草花が咲き誇る春爛漫の日——。

私とアシュレイは、結婚式当日を迎えた。

「それでは、誓いの口づけを」

司祭に促され、ベールがそっと持ち上げられる。

顔を上げると、愛しい人と目が合った。

タキシードに身を包んだアシュレイは、まばゆい美貌を綻ばせ囁いた。

「愛している」

「ええ、私も」

目を閉じると、唇に誓いのキスが捧げられた。

直後、あふれんばかりの拍手と歓声に包まれる。光に満ちた白亜の教会が、人々の笑顔と「おめでとう！」という祝福で満たされた。

招待客は、マクガレン一家やジェイクをはじめとしたアシュレイの騎士仲間や屋敷の使用人たちなど、親しい人ばかりの挙式だ。

私もアシュレイも、両親は呼ばなかった。でも寂しくはない。だって私たちにはもう大切な家族がいるから――。

タキシードを着た小さな紳士が、大きな花束を持って近づいてくる。すごく緊張しているのか、ぎこちなく歩くイアンに、その場の人々が和やかなほほ笑みを浮かべた。

「こんな素敵な奇蹟《きせき》を起こしてくれた神様に、感謝しなきゃね」

「神様だけじゃなく、俺たちの恋のキューピッドにも感謝しなきゃいけないよ」

ゆっくり近づいてくる恋のキューピッドを見つめながら、私は「ふふっ、そうね」と応えた。

目の前に来たイアンは、満面の笑顔で花束を差し出した。

「アシュレイ、ビッキー。ふたりとも、おめでとう‼」

「ありがとう！」

私とアシュレイに同時に抱きしめられた恋のキューピッド――もといイアンは「へへっ」とはにかんだ。

三人で抱き合う私たちに、より大きな拍手と祝福が贈られる。

賑やかな歓声に混じって「俺も結婚してぇよぉ」という騎士の声や、マクガレンの男泣き、さらにキャシーの「パパやめてよ、はずかしいわ」というおませな声も聞こえてきた。

隣を見れば、愛する人と愛しい息子がいる。

楽しげな笑い声と幸福に包まれたこの瞬間を、私は生涯忘れない――。

エピローグ

数年後――。

その日、アシュレイは仕事が休みだったため、屋敷でのんびりと過ごしていた。

腕の中には、すやすやと眠る金髪の赤ん坊がいる。昨年産まれたアシュレイとビクトリアの娘レティだ。

「すぴぃ〜すぴぃ〜。――はぁう！」

レティがパチリと目を覚ました。

ビクトリア似の大きな青い瞳でキョロキョロ視線を彷徨《さまよ》わせたあと、一点を見つめて「う〜〜」と手を伸ばす。

レティが見ていたのは、写真立てが飾られている部屋の一角だった。

夏休みにマクガレン一家と共に、南の島へ旅行に行った時の写真。

「ここの海はすごく綺麗なんだ。今度はレティも一緒にいこうな」

運動会の徒競走で一位を取り、泥だらけで笑うイアン。

国立劇場公演で主演を務め、楽屋でイアンに花束を贈られ微笑むビクトリア。

結婚してから写真撮影が趣味となったアシュレイが、数年かけて撮りためた宝物ブースだ。

ひとつひとつ見せていると、赤ん坊が「あぅあぅ」と、おしゃべりを始めた。

相変わらずなにを言っているのか、さっぱり分からないが、一生懸命なにかを伝えようとする我が子に、自然と頬が緩む。

「そうそう、これはパパとママが結婚した時の写真だよ。ほら、レティの大好きなイアンお兄ちゃんも映っているね」

「にぃ、にぃ！」

「今度、おめかしして四人で家族写真を撮ろうか」

アシュレイの言葉に、娘のレティが目をまん丸くさせて頷く。

こんな幼い赤ん坊に言っても分からないだろうと思いつつ、ひょっとしたら理解しているんじゃないか……と思ってしまうのは、親馬鹿だろうか。

（まさか、自分がこんなに幸せになれるとは思わなかったな）

これまで、愛情とは無縁の人生を歩んできた。

それなのに今では愛娘も授かり、四人家族に。

「人生は本当に、なにが起きるか分からないな」

しみじみ呟いていると、玄関から賑やかな声が聞こえてきた。

「レティ。ママとイアンが帰ってきたみたいだよ」

そう言っている間にも、ドアの向こうからイアンがひょっこり顔を出す。

「ただいま！　手あらってくる！　レティ、ちょっと待っててね！」

ワンパク怪獣の賑やかな足音が一瞬遠ざかり、ほどなくして戻ってきた。

「お待たせ、レティ。さぁ、にぃにぃが抱っこしますよー！」

ソファに座ったイアンは、慎重に妹を抱きかかえると、優しい笑顔を浮かべて「かわいいねぇ」「美人さんだねぇ」といつものように語りかける。

念願の妹誕生から、イアンは毎日ご機嫌だ。我が家で一番レティに「かわいい」と言っているのは、イアンかもしれない。

「ただいま」と言って部屋に入ってきたビクトリアが、アシュレイの隣に座った。

「子守りありがとう。レティはいい子にしていた？」

「ああ、とってもね。さっきまで、君に似たかわいらしい寝顔ですやすや眠っていたよ」

「あら、寝顔がかわいいのは貴方譲りじゃないかしら？」

「いいや、君だよ。ところで、イアンの子供劇団の面接結果はどうだった？」

アシュレイの問いかけに、ビクトリアが「じゃーん！」と言ってカバンから紙を取り出した。

そこには大きな文字で『合格、イアン・クラークくん』と書かれている。

「すごいじゃないか！」

アシュレイが手放しで褒めると、イアンとビクトリアは揃ってどや顔で胸を張った。

「ふふん！　僕にかかれば、ヨユーさ」

「そうそう！　余裕の一発合格だわ！」

血は繋がっていないが、ビクトリアとイアンはとても良く似ている。

無邪気で明るい仕草なんてそっくりだ。

家族は似てくるというが、本当だなとアシュレイは微笑んだ。

イアンが『演劇をやりたい』と言い出したのは、ビクトリアの初舞台を見に行ったあとのこと。それから彼女の指導のもと、今日の面接に向けて、演技や歌の練習が始まった。

ちょっと前までは「アシュレイみたいな、すごい騎士になる！」と言って剣を振り回していたのに、現在の夢は「ビッキーみたいなカッコイイ俳優になる！」ことらしい。

さらにキャシーが演劇好きということも相まって、イアンは俄然《がぜん》やる気だ。

子供には好きなことをさせてやりたいアシュレイとビクトリアは、息子の奮闘を微笑ましく見守っている。

無事に子供劇団に合格し、夢の第一歩を踏み出したイアンはご機嫌だ。

そんな兄の様子に、妹のレティも無邪気にはしゃぐ。

「レティ、僕のことお祝いしてくれるの？　いい子だねえ。かわいいねぇ」

「にぃ、にぃっ！」

「よし！　にぃにぃがお歌をうたってあげよう！」

すっかりご満悦なイアンが、自信たっぷりに童謡を歌い始める。

その歌唱力はお世辞にも高いとはいえず……音程の外れまくる歌を聞きながら、アシュレイはちょっぴり苦笑した。

隣に座っているビクトリアが、こそっと耳打ちしてくる。

「劇団長に『イアン君は、演技は素晴らしいのですが、お歌がちょっと……』って、言われちゃったのよね。お家でもっと練習をしてくださいって。ねぇ、貴方が教えてあげて？」

「俺は歌なんて無理だよ」

「ダンスの時もそう言っていたじゃない。本当は歌も上手なんでしょう？」

「歌は本当にダメなんだって」

「そう頑なに言われると、かえって聞いてみたくなるわ。ねぇ、少しで良いから歌ってみて！お願い」

上目遣いにおねだりしてくるビクトリア。

小悪魔な妻の誘惑に弱いアシュレイは、思わず頷きそうになるのをぐっとこらえ「ダメだよ」と首を横に振る。

美声な彼女の前で、自分の音痴を晒すなんて恥ずかしすぎる。

男はいつだって、好きな人の前では格好つけたい生き物なのだ。

ビクトリアが「なぁーんだ、残念！」と言って、少し口を尖らせた。

——俺の妻は今日もかわいらしい。

思わずアシュレイは「心配だ」と呟き、物憂げなため息をついた。

「なにが心配なの？　悩み事？」

「君に悪い虫がつかないか心配なんだ。次の子供劇団への付き添いは、俺も行くよ」

「ええ？　私ひとりで大丈夫よ？」

「君は昔から魅力的だったけど、レティを産んでからますます綺麗になった。絶対、世の男が君に惚れてしまう。ひとりじゃ危険だよ」

ストレートに褒めると、ビクトリアは頬を染めて「ありがとう」と呟いた。

恥ずかしがり屋なところは何年経っても変わらない。あと鈍感なところも。

「悪い虫なんて付くわけないじゃない。私、既婚者だし子供もいるのよ」

「はぁ……君は本当に、自分の魅力に無自覚だから困る。もし俺がふたりいたら、こんな美人は放っておかない」

「ふふっ、貴方がふたりいたら、毎日二倍口説かれて大変だわ。まさか救国の英雄の妻に手を出そうなんて命知らず、この国にいないわよ。それに――」

イアンがレティにメロメロになっているのを横目で確認すると、ビクトリアは顔を近づけて、唇にキスをしてきた。

そして、ふふっと可憐にほほ笑む。

「私が貴方一筋だってこと、知っているでしょう？」

豊かな金髪をかき上げウィンクする妻は、想像を絶するほど魅力的だった。

あぁ、参ったな。

自分は一生、彼女には敵わない。

「まったく、君はなんて罪な女性なんだ。いったい俺を何度惚れさせれば気が済むんだい？」

「死ぬまでずっと、って言ったら重い？」

「いいや、全然。そんなの当たり前だろう？」

心のままに告げると、ビクトリアが嬉しそうにはにかむ。ちょっぴり照れたように笑う癖が愛おしい。

嘘でも冗談でもなく。自分は死ぬまで、いや……きっとその先も、何度だってビクトリアに心惹かれるのだろう。

「ビクトリア、君と出会えたことは、俺の人生の中で一番の幸運だ。俺と出会ってくれて、そして愛してくれて、ありがとう」

「お礼を言うのは私の方よ。たくさんの幸せをくれて、ありがとう」

見つめ合っていると、無邪気な子供たちの笑い声が聞こえてきて、ふたりは視線を向けた。

自慢げに歌い終えたアンが「どう？　うまいでしょ！」と弾ける笑顔を向けてくる。

かわいらしい子供たちの表情と、幸せなひとときを写真に収めたくなったアシュレイは、ビクトリアにこう提案した。

「近々、四人で記念写真を撮りに行こうか」

「いいわね！　そういえば、店長が新しい写真魔道具を仕入れたって言っていたわ。店長ってば、隣に写真館もオープンさせたのよ」

「あの人は、すぐに新しい事業を始めるな」

「楽しみね！」と、ビクトリアがほほ笑む。

光あふれる空間に、家族の楽しげな笑い声がいつまでも響いていた。

後日、柔らかな陽光が差し込むリビングの一角。アシュレイの宝物ブースに、四人で撮った新しい家族写真が並んだ。ひとつひとつ増えていく思い出。これからも、四人の賑やかで幸せな日々は続いていくのだった。

あとがき

初めまして、葵井瑞貴と申します。

この度は「バッドエンド目前の悪役令嬢でしたが、気づけば冷徹騎士のお気に入りになっていました」をお手に取っていただき、誠にありがとうございます！

孤独を抱えた登場人物たちが、愛し愛され家族となり、大切な居場所を見つける物語。

やや重くなりがちなテーマですが、ほのぼの明るく描いてみました。

書籍化するにあたり、女性にまったく興味がなかったヒーローが主人公を好きになっていく過程と心情の変化、溺愛甘々エピソードなどを加筆いたしました。

少しでもみなさまに、胸キュンしていただけたり、クスッと笑って楽しんでいただけたら嬉しいです！

本作を書き始めたきっかけは、ベリーズカフェファンタジー小説大賞に応募するためでした。

当初は、明るく前向きな貴族令嬢と美形エリート騎士の恋物語という構想でしたが、書き進めるうちに、ふたりを結びつけるちびっ子キャラを思いつきました。

そこで、恋のキューピッドとなるちびっ子たちを登場させ、最終的に、恋愛を主軸にホームコメディ要素を足した本作が完成しました。

人生初のちびっ子キャラの執筆に悪戦苦闘……。その分、とても思い入れのある作品になり、書籍という形でみなさまにお届けできて、感無量でございます。


本作をお手に取ってくださったみなさま。

WEB連載時から読んで応援してくださった読者様。

とても素敵なイラストを描いてくださいました鳥飼《とりかい》やすゆき先生。

そして、書籍化のお話をくださり、完成まで導いてくださいました担当編集者S様。

本作の出版、販売に携わってくださいました、すべての方々に心より感謝申し上げます。

葵井《あおい》瑞貴《みずき》

バッドエンド目前の悪役令嬢でしたが、
気づけば冷徹騎士のお気に入りになっていました

2023年11月5日　初版第1刷発行

著　者　葵井瑞貴

発行人　菊地修一

発行所　スターツ出版株式会社

〒104-0031　東京都中央区京橋1-3-1　八重洲口大栄ビル7F
☎出版マーケティンググループ　03-6202-0386
（ご注文等に関するお問い合わせ）

https://starts-pub.jp/

印刷所　大日本印刷株式会社

ISBN　978-4-8137-9280-2　C0093　Printed in Japan

［葵井瑞貴先生へのファンレター宛先］
〒104-0031　東京都中央区京橋1-3-1　八重洲口大栄ビル7F
スターツ出版（株）　書籍編集部気付　葵井瑞貴先生

定価：1430円（本体1300円＋税10%）　ISBN 978-4-8137-9225-3